Bianca™

Lynne Graham

Échale la culpa al amor

HARLEQUIN™

Editado por HARLEQUIN IBÉRICA, S.A.
Núñez de Balboa, 56
28001 Madrid

Échale la culpa al amor, n.º 2377 - 25.3.15
Título original: A Mediterranean Marriage
Publicada originalmente por Mills & Boon®, Ltd., Londres.
Este título fue publicado originalmente en español en 2003

I.S.B.N.: 978-84-687-5539-7
Depósito legal: M-36448-2014
Editor responsable: Luis Pugni
Impresión en CPI (Barcelona)
Fecha impresion para Argentina: 21.9.15
Distribuidor exclusivo para España: LOGISTA
Distribuidor para México: CODIPLYRSA
Distribuidores para Argentina: Interior, DGP, S.A. Alvarado 2118.
Cap. Fed./Buenos Aires y Gran Buenos Aires, VACCARO HNOS.

Capítulo 1

CUANDO su nuevo asesor de inversiones terminó de hablar, Rauf Kasabian miró con expresión seria más allá del estrecho del Bósforo, hacia la ciudad de Estambul.

Pero en aquella ocasión se sintió inmune al mágico y relajante embrujo de su ciudad. Sus amargos recuerdos triunfaron sobre la magnífica vista, al igual que su rabia. De manera que la familia Harris se había dedicado a jugar con su dinero y Lily iba a volar a Turquía en persona para pedirle ¿qué? ¿Que tratara a su familia de un modo especial? ¿Y por qué motivo iba a hacerlo? ¡Que su familia eligiera precisamente a Lily como emisaria era un insulto!

Serhan Mirosh miró a su jefe con expresión ansiosa. ¿Se habría excedido al tomar medidas inmediatas en aquel asunto? Era cierto que las cantidades de las que se trataba podían considerarse mera calderilla para un magnate de los medios de comunicación como Rauf Kasabian, pero Serhan se enorgullecía de la atención que prestaba a los más mínimos detalles de su trabajo. Descubrir lo que estaba sucediendo con la pequeña inversión que su jefe había hecho en aquella agencia de viajes inglesa le había parecido un esfuerzo loable, y le había extrañado que su predecesor hubiera permitido aquellas irregularidades sin intervenir.

–Es escandaloso que no haya recibido beneficios en dos años –continuó con cautela–. Basándome en el acuerdo al que llegó con Douglas Harris, he exigido la devolución de la cantidad invertida inicialmente más los beneficios que debería haber obtenido durante este periodo.

–Agradezco que haya sacado a la luz este tema –dijo Rauf con un frío gesto de asentimiento.

Serhan se relajó al oír aquello.

–No entiendo por qué la señorita Harris se empeña en reunirse ahora con usted. Ha hecho caso omiso de la negativa que le envié por fax y ayer recibí una segunda solicitud para que le conceda una cita entre el catorce y el quince. Apenas faltan doce días.

–Los ingleses pueden ser muy testarudos –murmuró Rauf.

–Pero su insistencia resulta grosera –se lamentó Serhan–. ¿Qué sentido tiene que venga esa mujer aquí? Ya ha pasado el momento de las explicaciones. Además, el dueño de la agencia es su padre, no ella.

Rauf decidió no aumentar la confusión de su empleado informándolo de que, cuando la había conocido, tres años atrás, Lily Harris estaba haciendo prácticas como profesora de jardín de infancia.

–Deje aquí el informe y yo me ocuparé del asunto. También me gustaría que averiguara dónde se va a alojar la señorita Harris.

–En un centro turístico del mar Egeo –dijo Serhan, sin ocultar su desconcierto al saber que su jefe iba a hacerse cargo personalmente de aquel asunto insignificante–. Puede que la señorita Harris crea que Gumbet está cerca de su oficina central en Estambul.

–Es posible –Rauf contempló el informe con expresión distraída–. Cuando la conocí, la geografía no era su punto fuerte.

Serhan estuvo a punto de dejar escapar una exclamación de sorpresa al oír aquello, pero se contuvo y salió del despacho. Mientras lo hacía, se preguntó cómo reaccionaría su jefe cuando se enterara de que la agencia de viajes Harris había estafado a los constructores turcos que había contratado para construir unos chalets para la agencia.

Unos minutos después, Rauf apartó a un lado el informe con un frío destello en la mirada. Estaba escandalizado por lo que había leído; no iba a tener piedad con Lily. Recordaba sus ojos, azules como un cielo de verano, diciéndole que él era el centro de su universo. Una sonrisa cínica curvó su sensual boca al pensar que había creído en su sinceridad, en su inocencia. Como muchos hombres antes que él empeñados en poseer a una mujer en particular, había olvidado momentáneamente toda cautela. Por fortuna, su debilidad había durado muy poco y se había recuperado a tiempo.

Pero mucho antes de conocer a Lily, Rauf ya había reconocido lo que en otra época había sido su principal defecto y el origen de este. Sentía gran afecto por su madre, pero esta le había llenado la cabeza desde que era pequeño con una serie de absurdas ideas sobre el romanticismo de las mujeres que después no le habían causado más que pesar. Pero su inocente madre no estaba al tanto del nivel mucho más básico al que se relacionaban las mujeres y los hombres de la generación de Rauf, y consideraba vergonzosa la fama de mujeriego de su hijo.

Sin embargo, Rauf se alegraba de haber comprendido finalmente cómo eran de verdad las cosas. Las mujeres pasaban por su dormitorio sin causarle remordimientos de conciencia por haberse aprovechado se su naturaleza, supuestamente más débil y confiada. Tras librarse de la absurda noción de que el mero deseo era amor, disfrutaba de su libertad todo lo que podía. Decidió que iba a disfrutar volviendo a ver a Lily. Sin duda, ella debía creer que su belleza, unida a los recuerdos de su breve relación, bastarían para ablandarle el corazón, pero iba a averiguar muy pronto lo equivocada que estaba.

Lily bajó las escaleras con su maleta.

Sus tres sobrinas, Penny, Gemma y Joy, estaban jugando en el cuarto de estar, y el sonido de su risa hizo que su tensa boca se distendiera en una sonrisa. Hablaba muy bien de su hermana el hecho de que sus tres hijas pudieran reír de aquel modo a la vista de una serie de acontecimientos que podrían haber destruido a una familia menos unida. Hacía apenas un año que Brett, el marido de Hilary, se había ido a vivir con la mejor amiga de esta.

En aquella época, Joy, la hija menor de Brett y Hilary, estaba siendo sometida a la última fase de un tratamiento contra la leucemia. Por fortuna, la sobrina de cuatro años de Lily ya se había recuperado por completo, y lo cierto era que, desde el momento en que la enfermedad había sido diagnosticada, Hilary se había negado a contemplar cualquier otra posibilidad. La hermana de Lily creía firmemente en el poder del pensamiento positivo y había necesitado hacer acopio de todas sus fuerzas para enfrentarse a los duros momentos que siguieron.

Su padre, Douglas Harris, había cedido su cómodo chalet a Hilary y Brett cuando se casaron y había seguido viviendo con ellos. En el acuerdo de divorcio, Brett fue compensado con la mitad del valor de la casa familiar, casa en la que no había invertido ni un penique y que nunca se ocupó de mantener. Como resultado, la casa tuvo que ser vendida. Poco después surgieron los problemas en la agencia de viajes de Douglas, de la que se había hecho cargo Brett hasta que se había divorciado. Solo hacía un mes que Douglas, Hilary y las tres niñas se habían trasladado a la pequeña casa que iba a ser su hogar en el futuro inmediato.

–¡Deberías haber dejado que te ayudara con la maleta! –dijo Hilary desde la puerta de la cocina. Era una mujer alta y esbelta, con el pelo castaño y corto, pero la sonrisa que dedicó a su hermana no ocultó el cansancio de su mirada–. Tenemos tiempo para tomar una taza de té antes de ir al aeropuerto. ¿Te has despedido ya de papá?

–Sí, y en cuanto nos marchemos, va a llevar a las niñas al parque.

–Eso está muy bien. ¡Temía que fuéramos a necesitar un abrelatas para sacarlo de su habitación! –a pesar de su expresión de alivio, la voz de Hilary tembló un poco–. Papá se encontrará mejor en cuanto vuelva a sentir interés por la vida. No tiene sentido pasarse la vida pensando en lo que podría haber sido, ¿no te parece?

–Desde luego –asintió Lily, y apartó la mirada

de los brillantes ojos de Hilary, pues era muy consciente de que su hermana mayor se consideraba responsable de que su padre hubiera tenido que abandonar la casa en la que había vivido siempre y de la depresión que estaba sufriendo como consecuencia de ello–. ¿No deberíamos repasar mi agenda antes de salir para Turquía? Lo más importante es que vaya a ver a Rauf para...

–¿Aún sigue preocupándote la estúpida carta que nos mandó su contable? –Hilary miró a su hermana con expresión de reproche–. No es necesario. Como ya te dije, he repasado los libros de contabilidad de la agencia y todos esos pagos fueron realizados. Hemos mantenido todos los apartados del acuerdo y las cuentas están en orden. Ese asunto con Rauf Kasabian es una tormenta en una taza. Cuando se dé cuenta de que su nuevo contable ha cometido un error, estoy segura de que nos pedirá disculpas.

Pero Lily era menos confiada que su hermana. La carta del contable de Rauf, con su pretensión de hacerles devolver de inmediato el dinero que este había invertido en la agencia, la había preocupado seriamente.

De hecho, le habría gustado que su hermana hubiera consultado con un abogado, o incluso con otro contable, pero Hilary ya había escarmentado de todo el dinero que había tenido que invertir en abogados durante su divorcio, y no estaba dispuesta a pedir consejo legal a menos que fuera absolutamente necesario.

Lily se sentía personalmente implicada en el asunto. Si no hubiera llevado a Rauf a casa a conocer a su padre, aquella inversión nunca habría llegado a realizarse.

–Deja de preocuparte por esa carta –insistió su hermana, que había interpretado la expresión preocupada de Lily con la facilidad de una mujer que la había criado desde su nacimiento. Mientras servía un vaso de zumo a sus hijas, añadió–: Lo más importante es conseguir poner en manos de una buena inmobiliaria las dos casas que Brett hizo construir en Dalyan. En cuanto se vendan, los problemas que estoy teniendo con la agencia llegarán a su fin. Solo asegúrate de que salgan al mercado con un buen precio. No puedo permitirme esperar a que aparezca el mejor postor.

–Haré lo posible por conseguirlo –prometió Lily, y se preguntó si su hermana sería consciente de que su expresión aún se ensombrecía cada vez que mencionaba a su exmarido.

Hilary asintió.

–Aparte de eso, concéntrate en hacer todos los viajes turísticos que puedas por la zona. Con esa información, podría planificar unos buenos paquetes turísticos para la temporada de primavera. Estoy decidida a que la agencia vuelva a sus buenos tiempos. No podemos competir con las grandes agencias, pero sí podemos ofrecer un servicio exclusivo y personalizado para clientes de alto poder adquisitivo.

–Me apuntaré a todos los recorridos turísticos que pueda –Lily dejó que Joy, su sobrina más joven, se sentará en sus rodillas y se abrazara a ella. Durante meses había estado débil como un gatito recién nacido, y a todos les encantaba ver cómo había recuperado la energía.

Tras dejar a las niñas al cuidado de su padre, Hilary llevó a Lily al aeropuerto.

–Sé que no quieres que lo diga... pero quiero darte las gracias por todo lo que has hecho por ayudarme durante estos últimos meses –dijo de pronto mientras conducía.

–¡No he hecho prácticamente nada y encima me veo recompensada con unas vacaciones gratis! –bromeó Lily.

–Irte sola de vacaciones no es precisamente divertido, y sé que podrías haber pasado todo el verano en España si no hubieras rechazado la invitación de tu amiga por nuestra causa...

–¿Cómo te has enterado de eso? –preguntó Lily, sorprendida.

–Papá te oyó hablar por teléfono con Maria y, además, estoy segura de que no sientes ningún deseo de volver a encontrarte con esa rata de Rauf Kasabian –Hilary suspiró–. Pero lo cierto es que en estos momentos no puedo dejar a las niñas y a papá para ocuparme personalmente del asunto.

Lily se obligó a reír para quitar importancia a la preocupación de su hermana.

–Después de todo el tiempo que ha pasado, sería un caso sin remedio si aún me sintiera tan sensible respecto a Rauf. Y no lo llames «rata». A fin de cuentas, ¿qué hizo para merecer ese apelativo?

–¡Romperte el corazón! –replicó Hilary con una aspereza que desconcertó a Lily–. Si aquel verano quería compañía femenina para pasar el rato, debería haber elegido a alguien mayor y con más experiencia. En lugar de ello, se aprovechó de ti y luego te dejó plantada sin una palabra de advertencia.

Lily miró el tenso perfil de su hermana, sorprendida por su enfado.

–No sabía que te sintieras así respecto a lo sucedido.

–Odio a ese tipo –dijo Hilary sin dudarlo un segundo–. Y lo odio aún más desde que me di cuenta del daño que hizo a tu autoestima. No es natural que una mujer de tu edad no salga con hombres. Siempre has sido un poco tímida y reservada, pero después de lo que te hizo ese tipo te encerraste en ti misma y tiraste la llave. Lo siento... Debería ocuparme de mis propios asuntos.

–No importa –Lily tuvo que tragar saliva para deshacer el nudo que se le había formado en la garganta, conmovida por el amor y la lealtad de Hilary, pero también dolida por su perspicacia.

Aunque su hermana lo ignoraba, Lily se había forzado a salir con hombres durante el año anterior con la esperanza de conocer a alguien que pudiera hacerle sentir lo mismo que Rauf para poder librarse por fin de su pasado. Solo que no había sucedido.

Pero, afortunadamente, su hermana estaba equivocada respecto a la identidad del hombre que había hecho mermar la confianza de Lily en el sexo opuesto, y nunca le diría la verdad, pues lo último que quería era causarle más dolor.

Era cierto que la repentina marcha de Rauf le dolió terriblemente, pero también lo era que él nunca mencionó el amor o el futuro, aunque sí le dijo que no tenía intención de casarse nunca. Según él, lo que habían compartido había sido tan solo una pequeña aventura. Ella no sentía ninguna amargura al respecto. ¿Acaso era culpa de Rauf que se hubiera convencido a sí misma de que significaba para él más de lo que en realidad significaba? No, se respondió a sí misma. Entonces, era una joven inexperta y tan enamorada que no había querido enfrentarse al hecho de que en aquellos tiempos un hombre sofisticado como él esperaba que el sexo formara parte de cualquier relación, fuera esta seria o superficial. Y, probablemente, Rauf la había dejado porque había fallado en aquel terreno.

–Sí importa –murmuró Hilary con tristeza–. Tienes veinticuatro años y no debería estar hablándote e interfiriendo en tu vida como si fueras una adolescente.

Lily no pudo contener una sonrisa, pues Hilary era una auténtica madraza y no paraba de entrometerse.

–No te preocupes por eso.

Casi catorce años mayor que Lily, Hilary la trataba a menudo más como a una hija que como a una hermana. Su madre murió a causa de una serie de complicaciones posparto poco después de dar a luz a Lily. Desde entonces, Hilary asumió prácticamente toda la responsabilidad de criarla. Cuando tuvo edad de ir a la universidad, renunció a ello para seguir ocupándose de su hermana pequeña, pues no quería dejarla constantemente en manos de diversas cuidadoras ni de un padre que tenía que trabajar a menudo como guía para los recorridos turísticos que organizaba su agencia de viajes.

Lily era muy consciente de cuánto debía a Hilary, y habría sido capaz de hacer casi cualquier cosa por aliviar su situación. Entre los compromisos familiares y la lucha por mantener a flote un negocio que parecía irse a pique, su hermana ya tenía bastantes problemas a los que enfrentarse, y Lily lamentaba no estar en una posición en que pudiera resultarle más útil. Desafortunadamente, durante el curso trabajaba en una escuela infantil que se hallaba a más de trescientos kilómetros de distancia de ella.

En pocas semanas, cuando empezara el curso, volvería a su trabajo y Hilary no podría contar con ella para que le echara una mano. Desafortunadamente, volar a Turquía en su nombre era lo único que podía hacer en aquellos momentos por ella y, aunque temía volver a ver a Rauf, aceptar aquella responsabilidad era lo menos que podía hacer por su hermana.

Cuando, a las dos de la madrugada del día siguiente, Lily llegó al hotel en que iba alojarse, fue inmediatamente informada de que tenía un mensaje.

Abrió el sobre mientras seguía al botones.

El señor Kasabian se encontrará con usted a las once de la mañana en el hotel Aegean Court.

Durante el resto de la noche durmió intermitentemente, despertando en varias ocasiones sobresaltada por el vago recuerdo de unos intensos sueños que la inquietaron y avergonzaron. Sueños sobre Rauf y el verano en que ella cumplió los veintiún años. Rauf Kasabian, el hombre que la había convencido de que una mujer podía llegar a morir a causa de un amor no correspondido. ¿Cómo le había hecho aquello? ¿Cómo había logrado derribar sus defensas? Aún la desconcertaba el hecho de que ella, que hasta entonces había rechazado cualquier intento masculino de abordarla, hubiera sentido tal felicidad y satisfacción cuando el que lo intentó fue Rauf.

Cuando salió del hotel para tomar un taxi, se sentía tan nerviosa, que temió enfermar. La cartera que llevaba consigo contenía copias de la contabilidad de la agencia que Hilary le había dado como prueba de que en su momento se habían hecho todos los pagos debidos a MMI, la empresa de Rauf. El taxista la dejó frente a un enorme y opulento hotel cuya entrada estaba adornada con una larga hilera de banderas internacionales.

Rauf no había hecho alarde de su fortuna cuando estuvo en Londres. Ella no había tenido ni idea de su verdadera posición en el mundo de los negocios hasta que su padre hizo unas discretas averiguaciones a través de su banco para averiguar algo sobre el hombre que le estaba ofreciendo apoyo económico. El director del banco le sugirió que abriera una botella de champán para celebrar una oferta tan generosa de uno de los magnates más ricos y poderosos de los medios de comunicación en Europa.

En la gran sala de recepción del Aegean Court, Rauf se arrellanó en su cómodo sillón y dio un sorbo a su vaso de agua. Nunca bebía alcohol durante las horas de trabajo. Sabía que la plantilla del hotel iba a asegurarse discretamente de que nadie se sentara demasiado cerca de él; a fin de cuentas, aquel era su hotel. Mantener su reunión con Lily en un lugar público haría que esta fuera breve y formalmente distante.

También podría haberla llevado a cabo en su ático de lujo, pero este ya estaba ocupado por miembros de su familia que esperaban que se reuniera con ellos para comer. El trío de encantadoras matriarcas de la familia Kasabian había elegido presentarse sin invitación precisamente aquella mañana. Rauf reprimió un gemido, pues su bisabuela de noventa y dos años, su abuela de setenta y cuatro, y su madre juntas podían formar un grupo desquiciante. ¿Acaso era culpa suya ser hijo único? ¿Por qué tenía que convertirse en el depositario de las esperanzas de las tres mujeres para la siguiente generación?

Apartó aquellos pensamientos de su mente con un gesto irónico y volvió a concentrarse en Lily. Esperaba sentirse decepcionado cuando volviera a verla. Ninguna mujer podía ser tan bella como en otra época creyó que lo era ella.

De manera que resultó especialmente irónico que cuando Rauf vio a los dos porteros del hotel corriendo sin ninguna dignidad para abrir la puerta a una mujer que entraba en el hotel, esta fuera precisamente Lily, objeto de aquel exagerado nivel de atención masculina que solo un grado muy elevado de belleza podía evocar.

Lily, que parecía deslizarse más que caminar, con su vestido largo flotando a su alrededor al ritmo de sus fluidos movimientos. Su pelo, del color de un maizal bañado por el sol, caía hasta su cintura, aún más largo que aquel verano. Sin embargo, su discreta apariencia era pura y calculada provocación, pensó Rauf despectivamente.

De hecho, fue muy revelador ver cómo todos los hombres junto a los que pasaba volvían la cabeza para mirarla, aunque ella simulaba no fijarse en el revuelo que causaba. Pero ninguna mujer tan bella podía desconocer el don con el que había nacido. Si él no se hubiera dejado engañar por aquel aire de inocencia, si se hubiera limitado a llevarla a la cama para disfrutar de su cuerpo, sin duda se habría dado cuenta entonces de que no solo no era nada especial, sino que era una experta fulana.

Mientras Lily avanzaba en la dirección que le había indicado el recepcionista, su corazón empezó a latir más y más deprisa. Aún no podía creer que estuviera a punto de ver a Rauf Kasabian de nuevo. Cuando este se levantó del asiento que ocupaba, la tensión que se apoderó de su cuerpo fue casi dolorosa y se quedó paralizada en el sitio.

Rauf era tan alto... Medía casi un metro noventa y sus anchos hombros, estrechas caderas y musculosa constitución eran los de un hombre en la cima de su plenitud física. Y la palabra «guapo» no bastaba para describir su delgado y moreno rostro. Rauf era tan atractivo que incluso en las abarrotadas calles de Londres las mujeres habían vuelto la cabeza para mirarlo. Sus ojos podían ser oscuros como el chocolate amargo, o dorados como una puesta de sol.

Las piernas de Lily se negaron a sostenerla. Se había ruborizado al darse cuenta de que se había detenido en seco para mirarlo como una impresionable colegiala. Rauf no le facilitó las cosas avanzando hacia ella para recibirla a medio camino. En lugar de ello, permaneció donde estaba, esperándola. ¿Cómo era posible que hubiera olvidado hasta qué punto dominaba todo lo que lo rodeaba? ¿Cómo podía atraparla con una simple mirada de sus hipnóticos ojos?

Rauf observó cómo se acercaba. Era una muñeca perfecta y exquisita. Sus recuerdos no habían mentido. Cuando el deseo triunfó mientras la observaba, se enfureció consigo mismo por ser tan débil.

Lily se detuvo a bastante distancia de él, alarmada por su estado de nervios y el repentino vacío mental que se había apoderado de ella.

–Ha pasado mucho tiempo –dijo sin aliento.

–Sí. ¿Te apetece beber algo?

–Er... un zumo de naranja, por favor.

Rauf encargó la bebida a un camarero que esperaba cerca de la mesa y luego volvió a prestar atención a Lily.

–Centrémonos cuanto antes en los negocios –dijo con frialdad–. No tengo tiempo que perder.

Capítulo 2

DESCONCERTADA por la frialdad del recibimiento, Lily agradeció el paréntesis que le proporcionó el camarero al apartar una silla de la mesa para que se sentara.

–Gracias.

–Es un placer, *hanim* –replicó el joven con una sonrisa de evidente admiración, hasta que una seca palabra en turco pronunciada por Rauf le hizo alejarse.

–Supongo que habrás notado que a mis paisanos les gustan especialmente las inglesas rubias –murmuró.

–Sí –contestó Lily, pensando en el taxista que la había llevado al hotel y en toda la atención masculina que había atraído desde su llegada.

Pero también era consciente de la proximidad de Rauf con cada fibra de su ser, y aún más de la tensión que sentía en la zona de su pelvis, peligrosamente parecida a la excitación. Se sentía tan inquieta por sus reacciones como a los veintiún años, porque ningún otro hombre había ejercido nunca tal efecto sobre ella.

Rauf se encogió de hombros con despreocupación.

–Aquí, y me temo que también en otros sitios,

las turistas inglesas tienen reputación de ser las mujeres que más rápidamente se pueden llevar un hombre a la cama.

Lily se sonrojó intensamente.

–¿Disculpa?

Rauf la miró con expresión burlona. Normalmente no solía ser ofensivo, pero estaba empeñado en alejar aquel aire de falsa inocencia de la expresión de Lily.

–Algunas mujeres inglesas se vuelven locas por los hombres turcos, así que no puedes culpar a estos por darte la lata.

–No era consciente de estar culpando a nadie –Lily cerró los dedos con fuerza en torno a la cartera que descansaba en su regazo. No podía creer que Rauf le estuviera hablando de aquel modo.

Desesperada por librarse del poder magnético que ejercía sobre ella y descorazonada al comprobar que el hombre que en otra época la rechazó aún la alteraba, bajó la mirada y murmuró con brusquedad:

–Has dicho que no tenías tiempo que perder, así que, ¿qué te parece si hablamos sobre el malentendido que ha surgido en referencia al acuerdo al que llegaste con mi padre?

Rauf la miró con expresión divertida y a la vez satisfecha. Había percibido con toda claridad que Lily lo deseaba, de manera que no todo había sido mentira. Alzó una ceja con expresión retadora.

–No hay ningún malentendido al respecto.

–Tiene que haberlo –dijo Lily a la vez que sacaba los documentos de la cartera con mano temblorosa.

Preguntándose qué esperaba lograr esforzándose

en convencerlo de que su eficiente asesor de inversiones era incapaz de reconocer una estafa cuando la veía, Rauf soltó el aliento con un gesto de impaciencia.

–No tengo intención de examinar esos documentos. Tu padre lleva más de dos años sin cumplir con el acuerdo económico al que llegamos. Eso es lo único que cuenta.

–Papá jamás ha dejado de cumplir un contrato –alarmada por la negativa de Rauf, Lily se inclinó y señaló la primera hoja que había dejado sobre la mesa–. Estas son las entradas del último año en el libro de contabilidad de la agencia. Una considerable suma de dinero fue transferida a tu banco turco en Londres, a una cuenta conocida como Marmaris Media Incorporated. Tengo todos los resguardos que justifican la transferencia. Si eso no demuestra que ha habido algún malentendido, no se qué puede demostrarlo.

A pesar de que Rauf se había sentido inmediatamente interesado por lo que había dicho Lily, pues él no utilizaba ningún banco turco en Londres, siguió sin mostrar el más mínimo interés por el documento.

–Me temo que todo eso suena a un «malentendido» destinado a terminar en manos de una brigada internacional contra el fraude.

Lily se puso pálida al oír aquello.

–¿Se puede saber qué estás sugiriendo?

–Que resulta muy sospechoso que el nombre Marmaris Media Incorporated se parezca tanto al nombre bajo el que opera mi propia compañía.

–¡Que es MMI, Marmaris Media Incorporated!

–No, y estoy convencido de que sabes que eso

no es cierto –replicó Rauf en tono sarcástico, ya totalmente convencido de que Lily trataba de buscar algún modo de encubrir lo sucedido–. MMI son las iniciales de Marmaris Media International. Cualquier dinero que se pague a Marmaris Media Incorporated no tiene nada que ver conmigo.

–¡En ese caso el dinero debe seguir en la cuenta! –exclamó Lily, creyendo que por fin había encontrado el error–. ¿No lo comprendes? Nadie en la agencia de viajes se ha dado cuenta de que el dinero fue ingresado en una cuenta equivocada... ¡oh, Dios mío! ¿Y si ya se lo han gastado?

A pesar de sí mismo, Rauf empezaba a sentirse más interesado con cada segundo que pasaba. Lily parecía un auténtico ángel y, de no saber lo que sabía sobre ella, el atractivo de sus preciosos ojos azules habría acabado por afectarlo. Su frase final, «¿y si ya se lo han gastado?», había sido pronunciada con la convicción de una auténtica actriz.

Pero nadie con dos dedos de frente habría creído una historia tan inverosímil. Si estuviera dispuesto a seguirle la corriente, Rauf estaba seguro de que encontraría la cuenta de Marmaris Media Incorporated totalmente vacía. Cambiar el dinero de cuentas para ocultar adónde se dirigía y falsificar los libros de contabilidad era uno de los métodos más rudimentarios y comunes para ocultar un fraude.

–¿No has escuchado lo que he dicho? –preguntó Lily a la vez que se ponía en pie para enfatizar su entusiasmo por aquella posible explicación. Parecía evidente que, a causa de un estúpido error, el dinero que debería haber llegado a la cuenta de Rauf había acabado en otra–. O los pagos se han ido amontonando en una de esas cuentas inactivas sobre las que suele oírse hablar, o alguien lo ha estado pasando muy bien durante los dos últimos años con un dinero que te pertenece.

–Afortunadamente, eso no es problema mío –respondió Rauf con suavidad, aunque volvía a operar a dos niveles distintos; su cerebro trataba de desentenderse de su libido mientras su enfado aumentaba. Cuando Lily inclinó su esbelto cuerpo hacia él, se volvió enloquecedoramente consciente del empuje de sus pequeños pechos contra la tela del vestido.

–Pero es tu dinero... ¿Acaso no te preocupa? –desconcertada por el aparente desinterés de Rauf, Lily se animó a mirarlo a los ojos.

Su corazón pareció detenerse un momento mientras sus pezones se excitaban inesperadamente. Avergonzada por lo que le estaba sucediendo, bajó la mirada y volvió a sentarse rápidamente. ¿Era posible que Rauf la alterara aún de aquella manera? Un intenso sentimiento de humillación se apoderó de ella, pues jamás habría pensado que, tres años después, aún pudiera sentirse tan vulnerable ante la presencia de Rauf Kasabian. Después de todo, no estaba enamorada de él, y el hecho de que fuera atractivo no era excusa suficiente para su reacción... ¿o sí?

El enfado superó la excitación de Rauf, que se estaba recordando lo cruelmente burlona que había sido siempre Lily. En otra época lo atrajo con las mismas miradas lánguidas y con el mismo lenguaje de su cuerpo, pero después se había mostrado reacia cuando él se había atrevido a reaccionar ante aquellas invitaciones. Pero su truco más efectivo habían sido tres palabras inolvidables. «Me das miedo», le confió en una ocasión en tono de aparente disculpa, sometiéndolo a la clase de contención física que nunca había tenido que poner en práctica con ninguna mujer.

Aún dolido por el recuerdo de aquellas injustas palabras, volvió a centrarse en el tema del que estaban hablando.

–La agencia de viajes de tu padre habría incumplido el contrato de todos modos, y te deseo suerte en tu teoría de la cuenta inactiva. Sin embargo, todo lo que se debe tendrá que pagarse.

Tensa como la cuerda de un arco, Lily entreabrió los labios, resecos a causa de sus nervios.

–Eso es lo lógico, por supuesto, pero...

–No me gusta que me estafen –interrumpió Rauf en tono gélido–. De hecho, hace falta muy poco para convertirme en un hombre implacable.

–Solo te estoy pidiendo que seas razonable y examines estos papeles, y ni siquiera estás dispuesto a hacer eso por mí –dijo Lily en tono de reproche–. Tampoco es mucho pedir, ¿no? ¿Por qué me estás tratando de este modo?

–¿De qué modo? –preguntó Rauf con la misma frialdad.

–Como si fuéramos enemigos, o algo parecido –murmuró Lily, incómoda.

–No hay nada más muerto que una aventura amorosa muerta, excepto una aventura que nunca llegó a serlo –replicó Rauf con cortante claridad.

Lily se quedó muy quieta, como si la hubieran golpeado de forma inesperada. Miró los papeles que Rauf se negaba a examinar mientras se esforzaba por contener las lágrimas. Acababa de escuchar de sus propios labios el verdadero motivo por el que perdió el interés en ella. «Una aventura que nunca llegó a serlo». Era tan denigrante averiguar que lo que creía haber compartido con Rauf no había significado nada para él sin el sexo... Siempre lo había sospechado, pero aquella confirmación tan directa había resultado realmente dolorosa. Tomó su vaso de zumo y dio varios sorbos para tratar de relajarse mientras se recordaba que tenía asuntos más importantes en los que concentrarse.

–Se está acabando el tiempo –Rauf no se dejó afectar por la vulnerable expresión de Lily. Como ya había averiguado hacía tiempo, era una actriz muy convincente y, como entonces, el único objetivo que perseguía era su cartera, no un anillo de bodas, como él asumió entonces de modo tan ingenuo.

Lily alzó la cabeza y respiró profundamente.

–Estoy dispuesta a admitir que, desde que nos vimos la última vez, la agencia no ha sido dirigida como es debido. Hace dos años, tras un largo periodo de mala salud, mi padre se retiró y Brett se hizo cargo de Harris Travel. Ahora Brett se ha ido y es mi hermana Hilary la que se ocupa de la agencia. Dices que no se ha cumplido con el contrato y que no estás dispuesto a admitir la excusa de un error humano. Pero si insistes en reclamar la cantidad que se te debe ahora mismo, podría significar la ruina de la agencia.

–El mundo de los negocios puede ser muy duro. Lo siento, pero no estoy dispuesto a dejarme ablandar –dijo Rauf en tono irónico a la vez que se preguntaba dónde habría ido Brett Gilman. Pero no estaba dispuesto a preguntarlo.

–Brett se fue a vivir con Janice, la mejor amiga de Hilary –continuó Lily y Rauf notó, como ya había notado en el pasado, que cuando mencionaba al marido de su hermana su expresión se volvía hermética–. Hilary y Brett están divorciados.

¡De manera que aquel era el motivo por el que Lily había acudido a Turquía para rogar su indulgencia y agitar sus largas pestañas ante él! Y el meloso de Brett se había largado con otra mujer. La sensual boca de Rauf se comprimió en una dura línea de desagrado. Al parecer, solo había que mirar un poco más allá de la ilusoria pureza de la belleza de Lily para descubrir que solo era una mujer sin escrúpulos dispuesta a mentir cuando le convenía hacerlo.

–Tengo la sensación de que en realidad no estás escuchando nada de lo que te digo, pero lo que estoy diciendo es muy importante –enfatizó Lily en tono de ruego–. Si esos pagos que según tú nunca fueron hechos...

–Sé con certeza que no fueron hechos –interrumpió Rauf con agresividad–. ¿Acaso tenemos que volver otra vez sobre lo mismo?

Lily suspiró.

–Si los pagos no se hicieron fue por algún error. Supongo que tendrás suficiente comprensión y paciencia como para permitir que tratemos de averiguar lo sucedido, ¿no?

–¿Y por qué iba a tener paciencia? –Rauf le dedicó una mirada totalmente carente de amabilidad. ¡Los constructores a los que había timado la agencia Harris Travel se habían mostrado pacientes y no les había servido para nada!

–No sabía que fueras así... –murmuró Lily, angustiada. ¿Había sido Rauf siempre tan frío, tan duro e insensible? ¿Sería posible que solo hubiera imaginado que poseía otras cualidades?

Decidió intentarlo de nuevo.

–Solo te estoy pidiendo más tiempo...

–No –dijo Rauf con determinación–. Ya me has hecho malgastar suficiente tiempo.

–¡No he venido aquí preparada para encontrarme con una situación tan desagradable! –protestó Lily–. ¿No puedes echarme una mano con esto? Aquí no cuento con los medios necesarios para hacer las comprobaciones necesarias en el banco.

¿Lily de rodillas y rogándole? A Rauf le gustó la idea, a pesar de que sabía que de todos modos retiraría su inversión de la agencia y arrancaría para siempre de su vida el recuerdo de aquella mujer. Podría resultar divertido jugar un rato con las absurdas historias y excusas que le estaba contando.

Sintiendo que por fin tenía su atención, Lily volvió a empujar hacia él los documentos que se hallaban sobre la mesa.

–Échales un vistazo, por favor... y puedo hacerte una promesa: pase lo que pase, serás compensado. Brett hizo construir dos chalets de lujo cerca de Dalyan y tengo que ocuparme de que se pongan a la venta. Harris Travel aún cuenta con algunas bazas.

Mientras miraba sus ojos color azul violeta, Rauf reconoció con creciente enfado que ella era la mejor baza de la agencia. ¡No podía creer su descaro! ¿Cómo se atrevía a contarle todas aquellas mentiras? ¿Acaso creía que había aceptado aquel encuentro sin ponerse al tanto de todos los datos que tenía a su disposición? ¡Que Lily fuera capaz de mentir de aquel modo solo demostraba que estaba implicada hasta el cuello en aquel descarado engaño! En aquel momento decidió tener una actitud más dura con ella.

Lily sintió un gran alivio al ver que Rauf tomaba los documentos que había desdeñado hacía unos momentos.

–No voy a hacerte ninguna promesa –el tono grave y sensual de la voz de Rauf le hizo sentir un cálido e involuntario estremecimiento.

–Oh, no, por supuesto que no. No espero ninguna promesa en estos momentos –se apresuró a decir, convencida de que se mostraría más comprensivo cuando hubiera leído los documentos.

–Pero el tiempo que me va a llevar revisar todo esto tiene un precio –dijo Rauf, sabiendo cuánto iba a disfrutar haciendo bailar a Lily al son de su música. ¿Acaso no hizo ella lo mismo con él de un modo mucho más primitivo? Recordó con desprecio los grititos nerviosos que tuvo que soportar aquel verano mientras Lily se debatía entre explosiones de entusiasmo y repentinos ataques de timidez para tenerlo bien enganchado. Jugó con él como una virtuosa del violín y lo convenció totalmente de que estaba tratando con una nerviosa virgen. Pero ahora era él quien tenía la batuta.

–¿Un precio?–repitió Lily, confundida.

Rauf ladeó su oscura cabeza con la confianza de un cazador a punto de atrapar a su presa.

–Todo tiene un precio en este mundo. ¿Aún no sabes eso?

–No estoy segura de entenderte.

Una sonrisa irónica curvó los labios de Rauf.

–Es muy sencillo. Si voy a revisar estos documentos, tendré que contar con ayuda.

–No creo que eso suponga ningún problema. ¿Qué clase de ayuda necesitas?

–Solo voy a estar aquí unas horas. Esta tarde volaré de vuelta a Estambul para asistir mañana a una importante reunión. Después pienso ir a mi casa de campo. Te sugiero que te reúnas allí conmigo y te quedes unos días. Necesitaré tenerte a mano para responder a las preguntas que surjan y para que me ayudes en mis averiguaciones.

Mientras Rauf soltaba aquella bomba, Lily abrió y cerró la boca varias veces como si tuviera intención de hablar, pero en cada ocasión la cautela le hizo morderse la lengua. La perspectiva de pasar unos días en la casa de campo de Rauf resultaba inquietante. Sin embargo, dadas las circunstancias, su sugerencia era bastante razonable.

–De acuerdo –concedió, tensa.

Rauf estaba seguro de que iba a aceptar y su evidente turbación no lo sorprendió lo más mínimo. Lily no podía perder la oportunidad de mantenerse al tanto de las averiguaciones para tratar de eliminar cuanto antes cualquier prueba que la incriminara. Sin embargo, al mismo tiempo iba a tener que seguir haciéndose la inocente. Antes de llevarla a Sonngul se aseguraría de que hiciera una visita inesperada a los chalets de los que le había hablado. ¡Ni siquiera la mentirosa más experta podría librarse con sus mentiras de aquello!

–¿Cuándo quieres que me traslade a tu casa? –preguntó Lily, incómoda–. ¿Está lejos?

–Está bastante lejos. Haré los arreglos necesarios para que pasen a recogerte mañana a las once. Yo me encontraré contigo en el aeropuerto para que podamos ir juntos a Sonngul –mientras miraba la plenitud de los rosados labios de Lily, Rauf la estaba imaginando tumbada en su magnífica cama, ofreciéndose abiertamente a él en la casa a la que nunca llevaba a ninguna mujer por respeto a su familia. ¿Se aprovecharía de su actual y anhelante afán por complacerlo? No, decidió con fiera determinación. No estaba dispuesto a llevar a una mujer a su cama en unas condiciones tan sórdidas.

–Agradezco que estés dispuesto a invertir tu tiempo en este asunto –Lily sintió que los labios le cosquilleaban a causa de la mirada de Rauf y se ruborizó ligeramente.

Reconoció que estaba deseando que la tocara y se avergonzó por ello, pero no tanto como tres años atrás, cuando sus propias y contradictorias reacciones físicas la habían confundido y asustado.

Rauf se sentía molesto con la imagen prohibida de Lily en su cama, que se negaba a abandonar su mente. Ya no le cabía la menor duda de su culpabilidad. En cuanto reuniera las pruebas necesarias, estaba dispuesto a entregarla a la policía. No podía haber distinción entre su forma de tratar a Lily y a cualquier otro delincuente. Atreviéndose a acercarse a él con sus mentiras solo había logrado precipitar su castigo, y lo había hecho en un país cuyo sistema judicial era mucho menos liberal que el inglés.

Una vez tomada aquella firme decisión, Rauf se levantó de su asiento.

–Me temo que debemos dar por terminado nuestro encuentro. Tengo un compromiso para comer.

Desconcertada por la repentina conclusión de su encuentro, Lily se levantó precipitadamente, pero para entonces ya había perdido la atención de Rauf. Al seguir su mirada se fijó en una mujer mayor de pelo cano que avanzaba hacia ellos bastón en mano, acompañada por un hombre joven.

Rauf apretó los dientes mientras su bisabuela se

acercaba con la imparable determinación de un misil. Alguno de los miembros de la plantilla del hotel debía de haberle dicho que estaba con una joven y bella extranjera. Al parecer, aquello había bastado para que Nelispah Kasabian saliera disparada del ático para satisfacer su curiosidad.

–La señora Kasabian dice... –el empleado del hotel que estaba actuando como guía de Nelispah dedicó a Rauf una tensa mirada de disculpa antes de dirigirse a Lily–. La señora Kasabian dice que lleva un vestido encantador.

Rauf parpadeó y luego se fijó en el vestido. Este era muy discreto y apenas revelaba que debajo había un cuerpo femenino, cosa que debía haber complacido a su pudorosa bisabuela. Toda la familia conspiraba para proteger la delicada sensibilidad de Nelispah de la escandalosa lasitud moral de un mundo que la inquietaría, pues su corazón no se hallaba en buenas condiciones. Afortunadamente, ni veía la televisión ni leía la prensa, pues pensaba que su marido, ya fallecido, nunca habría aprobado que se dedicara a tales actividades.

–Tengo el honor de presentarte a mi bisabuela, Nelispah Kasabian... Lily Harris –dijo Rauf, reacio, aunque habló con gran suavidad.

–Dile que me alegro mucho de conocerla –Lily devolvió la radiante sonrisa de la señora Kasabian.

La diminuta mujer apoyó una mano en el hombro de su bisnieto y empezó a hablar en turco mientras él hacía un discreto gesto para que el empleado del hotel se alejara.

–Lily *hanim* tiene una sonrisa muy dulce. Me gusta lo que veo en su rostro –confió su bisabuela con alarmante entusiasmo–. ¿Crees que querrá comer con nosotros?

Tratando de no dar un respingo ante la amenaza de lo que pudiera surgir si Lily entrara en contacto con el equipo matriarcal de interrogatorios, Rauf murmuró una excusa en turco y, tras una palabra de disculpa a Lily, acompañó a su bisabuela de vuelta al ascensor. Viendo el afecto que suavizó sus ojos mientras lo hacía, Lily apartó la mirada, dolida por el contraste con el modo en que la había tratado a ella.

Pero aquello era un asunto de negocios, no era nada personal, se recordó enseguida. Evidentemente, Harris Travel había metido la pata en lo referente al contrato. ¿Sería responsable Brett de aquello? Aunque Lily detestaba al exmarido de su hermana, sabía que Hilary y su padre siempre se sintieron impresionados por la eficiencia con la que Brett se ocupó del negocio familiar y con lo mucho que trabajaba. Aunque los beneficios cayeron a niveles decepcionantes, nadie culpó a Brett por aquella realidad. Después de todo, no fue culpa suya que abrieran otra agencia de viajes muy cerca.

En cualquier caso, Lily era consciente de que Rauf solo se había mostrado dispuesto a ceder un poco cuando ella había mencionado los chalets que debía vender.

–Mi limusina te llevará de vuelta al hotel –dijo Rauf cuando regresó y mientras la acompañaba a la salida.

Una vez fuera, Lily lo miró de reojo, cohibida y preocupada por su manifiesto distanciamiento.

–Aparte de este asunto... ¿no podemos seguir siendo amigos? –preguntó impulsivamente.

Rauf la miró con dureza, sin ocultar su desprecio.

–Ya no tengo cinco años, ni tú tampoco.

Lily se ruborizó al instante y lamentó haber hablado.

–Por otro lado, *güzelim* –murmuró Rauf a la vez que alargaba las manos hacia ella y la atraía hacia sí en un arrebato de rabia–, odio decepcionar a una mujer.

Al sentir el contacto de su poderoso cuerpo, Lily sintió que su corazón se desbocaba.

–¿Rauf...?

La sensual boca de Rauf cubrió la de ella con una fuerza explosiva. Por un instante, Lily se quedó paralizada, pero luego, instintivamente, se puso de puntillas y le rodeó el cuello con los brazos. Al sentir la primera oleada de respuesta de su cuerpo, dejó escapar un suave gemido y ladeó la cabeza, permitiendo que Rauf penetrara su boca con su lengua.

Con una brusquedad que la dejó totalmente confundida, Rauf volvió a liberarla. Se había ruborizado. Se sentía tan consternado por su impulsiva acción como por la inesperada respuesta de Lily. ¿Qué diablos le había pasado? A la gente de su país no le gustaban aquella clase de alardes en público.

Lily lo miró con expresión aturdida sin poder evitar sentirse orgullosa de sí misma. Había logrado permanecer entre los brazos de Rauf sin sufrir un irrazonable ataque de pánico. Al parecer, reconocer aquellos inquietantes sentimientos y haber acudido a consultar con una psicóloga el año anterior le había servido de algo.

–Esto no volverá a repetirse –dijo Rauf con firmeza mientras abría la puerta de la limusina que esperaba junto a la acera–. Entre nosotros ya no hay nada.

Entonces, ¿por qué la había besado? Dolida, Lily entró en la limusina lamentando habérselo permitido en lugar de haberle dado un empujón. Se sentía furiosa consigo misma. Allí estaba, con veinticuatro años, aún virgen y tan inmadura como una adolescente. Evidentemente, Rauf se había limitado a reaccionar ante las señales que ella debía haberle estado enviando de forma inconsciente. Al reconocer aquello su enfado se esfumó, pues era ella la que se había buscado aquella humillación.

¿Pero quién habría podido pensar hacía un año que iba a ser capaz de comportarse de aquella manera con un hombre? Mientras la limusina la llevaba de vuelta al hotel, su mente se llenó de recuerdos que normalmente no solía permitirse examinar...

Hilary se casó con Brett cuando Lily solo tenía doce años. Era feliz al ver a su hermana tan enamorada, y le encantó que Brett estuviera dispuesto a trasladarse al hogar familiar en lugar de llevarse a Hilary a algún otro sitio. Su padre también estaba encantado, pues Brett siempre le había mostrado un gran respeto. Un año más tarde, Douglas Harris puso su casa a nombre de su hija y su yerno.

Dos años después de aquello, cuando tenía quince años, Lily vio por primera vez a Brett con otra mujer. Volvía de casa de una amiga cuando pasó por un aparcamiento que se hallaba a las afueras de la ciudad. Al ver aparcado el coche deportivo de Brett, se acercó pensando que si estaba allí podría volver con él a casa. Y, efectivamente, Brett estaba en el coche... besando y abrazando apasionadamente a una desconocida. Desolada por lo que había visto, y también agradecida por no haber sido vista por la pareja, Lily se sintió tan disgustada, que estuvo vagando varias horas por las calles antes de volver a casa.

Hasta aquel momento de su vida, Lily había contado a Hilary prácticamente todo lo que le sucedía. Pero lo que había visto aquel día la dejó sin su única confidente, pues sabía que su hermana adoraba a su atractivo marido, y además estaba embarazada de su segundo bebé. Pasó varias semanas angustiada, preguntándose qué debía hacer, hasta que finalmente decidió hablar con su padre.

Pero Douglas Harris no reaccionó como ella esperaba.

–Seguro que te confundiste –replicó de inmediato, claramente enfadado.

–Pero los vi... ¡era Brett, y era su coche!

–¡No vuelvas a mencionar eso y no se te ocurra decirle nada a tu hermana! Brett y Hilary tienen un matrimonio feliz. ¿Cómo has podido inventar una historia tan perversa respecto a tu cuñado?

La desmesurada reacción de su padre, que solía ser normalmente un hombre sensible y comprensivo, conmocionó a Lily. Tuvo que hacerse mayor para comprender que su desafortunado padre había invertido demasiado en la estabilidad del matrimonio de Hilary como para enfrentarse a la posibilidad de que Brett no fuera el magnífico yerno que creía que era. ¿Y cómo podía haber previsto que la preocupación causada por lo que le había contado lo llevaría a cometer el error de advertir a Brett que había sido visto en el aparcamiento?

Con la rapidez de un rayo, pues no había ninguna lentitud en el instinto de supervivencia de Brett, este sumó dos y dos y dedujo quién lo había visto. Aquella misma tarde fue a recoger a Lily al colegio y le dio un susto de muerte con sus muestras de rabia y sus amenazas. La feliz vida familiar de Lily y la fe que tenía en los adultos que la rodeaban se vinieron abajo en aquel instante.

–¡Maldita bruja cotilla! –espetó Brett tras detener el coche en el mismo aparcamiento en el que Lily lo había visto, con la clara intención de intimidarla–. De ahora en adelante, más vale que te metas solo en tus asuntos. Vuelve a ir por ahí contando historias sobre mí y te aseguro que dejarás de tener un hogar. Le diré a Hilary que su precoz hermana se me ha estado insinuando, y te aseguro que me creerá a mí antes que a ti.

Entonces fue cuando Lily aprendió lo que era vivir atemorizada. Decidido a castigarla por haberle contado a su padre lo que había visto, Brett encontró rápidamente el tratamiento más adecuado para hacer que se sintiera amenazada. Empezó a mirar con expresión lasciva las incipientes curvas de Lily y a burlarse de ella en privado con desagradables comentarios. Nunca llegó a tocarla, pero Lily empezó a vivir aterrorizada temiendo que algún día lo hiciera.

Cuando llegó el momento de irse de casa y empezar sus estudios en la universidad, Brett la había convertido en una adolescente tímida e introvertida que se ponía a temblar solo con pensar en los hombres y el sexo.

Mientras tomaba una ducha en la habitación del hotel, Lily se recordó con firmeza que aquella pesadilla pertenecía al pasado. Sin embargo, lo que más amargamente lamentaba era que, por culpa de Brett, cuando conoció a Rauf Kasabian fue incapaz de mantener una relación normal con él.

Reconoció avergonzada que habría sido capaz de hacer casi cualquier cosa por tener una segunda oportunidad con él, pero Rauf le había dejado bien claro que no quería saber nada de ella.

¿Y podía culparlo por ello?, se preguntó aquella noche, ya en la cama. Rauf había sido bastante amable al describir lo que compartieron como una aventura amorosa que nunca llegó a serlo. Sabía que podía haber utilizado palabras más duras. Podría haberle dicho que se había comportado mal jugando con él al ratón y al gato, y que ser tratado como un maníaco sexual no era precisamente una experiencia fascinante...

Capítulo 3

TRAS terminar su segundo año de estudios en la universidad, Lily tomó un trabajo temporal en verano como camarera en un bar de moda en Londres.

Tras la primera semana empezó a temer acudir al trabajo porque no se sentía capaz de enfrentarse a las bromas y toqueteos que las otras camareras aguantaban de los clientes. Sin embargo, el sueldo y las propinas que recibía le habían permitido seguir pagando el apartamento que compartía, de manera que no se había visto obligada a tener que volver a vivir bajo el mismo techo con Brett.

Rauf se presentó un mediodía en el bar acompañado de una mujer.

–¿Por qué estarán ya comprometidos todos los hombres verdaderamente guapos? –se lamentó Annabel, su colega y compañera de piso mientras Lily y ella esperaban junto a la barra a que les dieran sus pedidos.

–¿En quién te has fijado ahora? –preguntó Lily, acostumbrada a las frecuentes quejas de Annabel sobre la falta de hombres disponibles.

–Está sentado con la morena del vestido blanco.

Lily lo buscó con la mirada. Su altura y constitución, sus altos pómulos, fuerte nariz y carnosa boca combinados con su lustroso pelo negro lo hacían sobresalir entre los demás hombres que abarrotaban el bar. Pero Lily habría apartado la vista de inmediato si Rauf no hubiera echado atrás su arrogante cabeza y le hubiera dejado ver sus extraordinarios ojos de color marrón dorado, que reflejaban la luz de un modo casi hipnótico. Se quedó mirándolo de forma involuntaria, con el cuerpo totalmente tenso, como esperando que fuera a suceder algo increíblemente excitante. Y cuando los ojos de Rauf se encontraron con los de ella fue como si alguien hubiera encendido un árbol de navidad en su interior. De pronto, se sentía eléctrica, viva por primera vez.

–¡Cómo no! –murmuró Annabel al ver la mirada de evidente aprecio que Rauf estaba dirigiendo a Lily–. En cuanto te ha visto, yo me he vuelto invisible. Deberías llevar una pegatina que dijera «soy lesbiana», Lily. Al menos así los hombres dejarían de perder el tiempo contigo y las demás tendríamos alguna oportunidad.

Sorprendida por el comentario de su compañera, Lily se volvió hacia ella.

–¿Repite eso?

Annabel se encogió de hombros.

–Lo eres, ¿no? Puede que no hayas salido del armario, pero tu forma de reaccionar con los hombres lo deja bastante claro. Lo adiviné hace tiempo.

–No soy lesbiana –negó Lily con firmeza mientras Annabel tomaba su bandeja de la barra.

–Sé que no es asunto mío –dijo su amiga–. Solo estoy celosa de lo guapa que eres.

Conmocionada por el hecho de que alguien que la conocía desde hacía dos años pensara aquello de ella, Lily fue a atender a Rauf. En ningún momento lo miró directamente, ni tampoco a su acompañante, pero, incluso en el estado de nervios en que se encontraba, se fijó en su voz grave y poderosa y en el acento ligeramente exótico que matizaba su excelente inglés. El desastre se produjo cuando fue a llevarles las bebidas. Estaba a punto de dejar un vaso de vino en la mesa cuando la morena hizo un movimiento repentino y sus manos chocaron. El vaso cayó y el vino se derramó sobre el regazo de la mujer.

–¡Estúpida! –espetó la morena como si Lily lo hubiera hecho a propósito–. No te ha bastado con insinuarte a mi hombre, ¿no? ¡También tenías que estropearme el vestido!

Mientras el jefe de Lily se acercaba rápidamente a la mesa y ella murmuraba una cascada de disculpas a la vez que rogaba por dentro que se la tragara la tierra, Rauf dejó un cheque en la mesa y se llevó a su histérica compañera del pub a toda prisa. Lily no esperaba volver a verlo, pero al día siguiente, cuando fue a trabajar se encontró con un increíble ramo de flores y una tarjeta esperándola. *Siento lo sucedido ayer. Rauf.*

–Cuando un tipo se gasta ese dinero en flores, queda claro quién se está insinuando a quién –comentó su jefe, divertido.

Lily tuvo que hacer verdaderos esfuerzos para frenar la oleada de recuerdos que le impedían dormir. ¿Qué decía de ella el hecho de que aún estuviera obsesionada por una relación que Rauf había dejado atrás hacía tiempo? Molesta por su falta de autodisciplina, se conminó a madurar.

A la mañana siguiente, cuando Rauf llegó en un avión privado al aeropuerto, encontró a Lily esperándolo.

La observó mientras se acercaba a él con un vestido azul pálido y un jersey con el que debía estar asándose a causa del calor. Su pelo dorado brillaba a la luz del sol y parecía tímida y muy joven.

Un absurdo impulso de decirle que se diera la vuelta y tomara el primer avión de regreso a casa asaltó a Rauf mientras la miraba, pero enseguida lo reprimió. Solo le estaba haciendo lo que ella le hizo a él en otra ocasión: atraerla hacia un sendero que parecía seguro hasta el último momento. ¿Cómo reaccionaría cuando se encontrara mirando al abismo con la policía esperándola al otro lado?

De momento no había entregado sus datos a la policía, pero el gendarme del pueblo cercano al lugar en que iban a construirse los supuestos chalets ya tenía un informe sobre el caso. Además, Rauf había averiguado que Lily aparecía como directora de Harris Travel en los papeles oficiales de la agencia, y como tal podía ser considerada responsable de lo sucedido. Pero lo que Rauf deseaba por encima de todo era la cabeza de Brett Gilman.

–Hace calor –murmuró Lily cuando estuvo junto a él.

–Y aún hará más –dijo Rauf a la vez que la tocaba levemente en la espalda para hacerle girar en dirección al helicóptero que los aguardaba.

–¿Va a ser un vuelo muy largo?

–Más o menos una hora en total. Vamos a hacer una parada en el camino –sin transición, Rauf cambió de tema–. ¿Estás disfrutando de tu estancia en Turquía?

–Aún me estoy aclimatando. La semana que viene voy a apuntarme a todos los viajes turísticos que pueda. Hilary tiene intención de organizar visitas especiales para la primavera... –Lily se interrumpió al sentir que Rauf apoyaba las manos en su cintura y la alzaba hasta el helicóptero como si apenas pesara unos kilos–. Gracias –murmuró.

Tras sentarse a su lado, Rauf hizo una seña al piloto para que pusiera el helicóptero en marcha e indicó a Lily que se pusiera el cinturón de seguridad.

Durante todo el vuelo, Lily se dedicó a mirar por la ventanilla. Desde allí tenía una vista fantástica del brillante mar azul turquesa que sobrevolaban, plagado de pequeñas islas y bordeado de magníficas playas. Al cabo de unos minutos el helicóptero giró hacia el interior.

Tras las tranquilas y preciosas vistas del mar, Lily se sorprendió al ver una mina de carbón cuando el helicóptero empezó a descender. Las minas de carbón eran un negocio, se recordó, y Rauf había mencionado una parada en el camino. Posiblemente, alguno de sus periódicos iba a publicar algún artículo de fondo sobre la mina.

Tras salir del helicóptero, Rauf extendió una mano hacia ella para ayudarla a bajar. Una vez en tierra, Lily se fijó en un polvoriento camino que se hallaba a pocos metros de ellos.

Rauf la miró atentamente.

–¿Sabes dónde estás?

Lily negó con la cabeza, sin comprender por qué le preguntaba aquello.

–No tengo ni idea.

–Creo que resolverás el misterio muy pronto

–dijo Rauf mientras la guiaba por el sendero hacia una zona pavimentada en la que se alzaba una opulenta entrada que era lo último que uno habría esperado encontrar a pocos metros de la valla que rodeaba la mina.

Lily frunció el ceño.

–¿Es aquí donde vives?

–Ni siquiera la gente de aquí vive por estos pagos. ¿Quién querría mirar por la ventana de su casa y ver la escoria de la mina? –preguntó Rauf en tono burlón.

Lily ya había captado el desdén que teñía cada una de sus palabras, el brillo retador de sus ojos. Cuando lo miró, él sostuvo su mirada sin pestañear y ella se ruborizó pues, a pesar de que resultaba amedrentador en aquel estado de ánimo, también estaba muy guapo. Desafortunadamente, aquella realidad no dejaba de jugar malas pasadas a su concentración.

–Entonces, si no vives aquí, ¿adónde vamos?

–He decidido darte una sorpresa volando hasta los chalets construidos por Harris Travel.

Lily parpadeó y luego rio brevemente.

–En ese caso, me temo que tienes las señas equivocadas. Los chalets están cerca de Dalyan que, según tengo entendido, es un lugar precioso.

Cuando se detuvo, Rauf la tomó de la mano. Desconcertada, Lily flexionó los dedos en los de él y luego los dejó quietos al sentir que una cálida sensación ascendía a lo largo de su brazo. Rauf la llevó a lo largo del camino pavimentado hasta un punto en el que se detuvo y le soltó la mano.

–Esta es la tierra que Brett Gilman compró por apenas nada porque nadie más la quería.

Lily se quedó mirándolo, aturdida.

–No puede ser... esto ni siquiera parece una zona turística. Te aseguro que este no es el sitio en el que se construyeron nuestros chalets...

–Ya que fue mi dinero el que financió el proyecto, ¿crees sinceramente que podría haber cometido tal error?

Lily se esforzó por pensar con claridad.

–Tú eras solo un socio silencioso...

–Ese fue mi error. Si hubiera insistido en controlar la situación, lo que hizo Harris Travel aquí no habría sucedido porque yo no lo habría permitido –replicó Rauf con fulminante énfasis.

–¿Qué quieres decir con «lo que hizo Harris Travel aquí»? –preguntó Lily, cada vez más inquieta–. ¿Por qué no me estás escuchando? Este no es el lugar en que se construyeron los chalets.

–¡Deja de decirme eso! –espetó Rauf, impaciente–. Tengo en el bolsillo una copia del contrato que Brett firmó con los constructores y otra de la escritura de compra de la tierra.

–¡Por mí como si tienes todos tus archivos en el bolsillo! –el tono de Lily subió casi una octava y su genio salió a la luz porque nada de lo que Rauf había dicho o hecho desde que habían subido al helicóptero tenía sentido–. Tengo fotografías de los chalets cuando estaban casi acabados y las vistas desde la parte delantera era magnífica. ¡Y no había ninguna mina de carbón cerca!

–Es imposible que tengas fotos de los chalets –dijo Rauf, furioso por que se empeñara en seguir mintiendo a pesar de las pruebas.

Lily ya estaba buscando en su bolso las fotos que Brett había llevado de vuelta a Inglaterra tras su último viaje a Turquía cuando se detuvo para mirar los baldíos terrenos que la rodeaban.

De pronto rio, aliviada.

–¡Pero si aquí ni siquiera hay unos chalets respecto a los que equivocarse! ¿Por qué no admites que estamos en el lugar equivocado? –mientras Rauf la miraba como si acabara de decir que podía volar sin alas, ella le entregó las fotos con expresión satisfecha–. Nuestros chalets, Rauf.

Frustrado, él echó un rápido vistazo a las fotos.

–¿Y esto qué demuestra, Lily? ¿Que alguien con una cámara puede tomar unas fotos de los chalets en construcción de otra persona? O empiezas a decirme la verdad, o voy a tener que poner el asunto en manos de la policía.

Lily se quedó paralizada al oír aquella amenaza.

–¿La... policía?

–Harris Travel estafó a los constructores y proveedores locales. El nombre, las señas y el número de teléfono que les facilitó la agencia eran falsos.

Intensamente pálida bajo la luz del sol, Lily entreabrió los labios, pero tardó unos segundos en poder hablar.

–¿Harris Travel ha estafado a gente? No... no se de qué me estás hablando.

Rauf soltó el aliento con impaciencia.

–No hay chalets. Nada se construyó más allá de esa entrada, y eso tienes que saberlo.

Lily tragó con esfuerzo. Solo entonces recordó que Rauf había dicho que tenía una copia de las escrituras de los terrenos. Sin duda, aquella tenía que ser una prueba irrefutable de que se hallaba en las tierras que compró Brett... Pero aquel no era él lugar que Brett fotografió, y no había ningún edificio a la vista.

–¿Estás seguro de que los chalets no se encuentran un poco más abajo? –murmuró , mirando a su alrededor sin comprender nada–. Quiero ver las escrituras.

Rauf le entregó un papel que Lily tomó con mano temblorosa. Estaba escrito en turco, pero cuando miró las firmas reconoció la de Brett y vio un sello oficial sobre ella. Su cerebro estaba funcionando a cámara lenta. No podía aceptar lo que Rauf le estaba diciendo.

–Sigo pensando que los chalets tienen que estar por aquí, en algún sitio. Puede que estemos en la carretera equivocada –sugirió, conmocionada–. Solías hablarme de lo grande que es tu país... ¡no puedes conocer cada carretera!

Estaba temblando como una hoja azotada por el viento, pero Rauf estaba decidido a no caer víctima de aquella cínica actuación destinada a convencerlo de que era inocente. Sin embargo, no pudo evitar sentirse impresionado por lo magníficamente que estaba interpretando su estupefacción e incredulidad.

–No hay chalets –repitió.

–¡Tiene que haberlos! –protestó Lily.

–La tierra se compró y los constructores fueron contratados, pero después de un primer pago nadie volvió a oír hablar del exmarido de tu hermana.

Al sentir que sus piernas estaban a punto de ceder, Lily dio unos pasos atrás y se sentó en una roca a la sombra de un castaño.

–Antes de que los constructores descubrieran que habían sido timados, hicieron este camino y pusieron los cimientos. Desde que cerró la mina esta es una zona en la que apenas hay empleo, y los constructores recibieron promesas de una bonificación si las obras se realizaban con rapidez. Brett Gilman tenía un gran coche y pensaron que era rico, de manera que compraron más material a crédito a un pariente, confiando en recibir el siguiente pago. Dos familias se han visto sumidas en la pobreza a causa de esto.

El estómago de Lily se encogió al oír aquello. ¿Qué había pasado? ¿Qué había hecho Brett? ¿Era posible que hubiera utilizado el dinero destinado a los chalets para mantener a flote la agencia? Odiaba a Brett, y al principio no podía comprender su propio rechazo a aceptar lo evidente, hasta que comprendió que la seguridad de toda su familia estaba en la misma balanza.

Era obvio que Brett había mentido una y otra vez sobre los chalets. Había enseñado a Hilary y a su padre fotos de otra obra y luego les había dado otras con los chalets ya construidos. Ninguno de los dos sospechó nada porque aquel proyecto había sido de Brett desde el principio. Para entonces Douglas Harris se había retirado y Hilary solo había empezado a trabajar en Harris Travel hacía unos meses. Hasta entonces, Brett había tenido total libertad para hacer lo que le pareciera oportuno.

¿Qué había pasado con todo el dinero que debería haberse invertido en los chalets? La única respuesta posible era que Brett se lo había quedado. No había chalets. Lo único que había era un trozo de terreno baldío en un lugar perdido. Sin embargo, Brett argumentó durante el divorcio que tenía derecho a la mitad de la casa en la que había vivido con Hilary porque Harris Travel iba a quedarse con dos chalets de lujo que la agencia poseía en el extranjero, y convenció a dos abogados de que estos existían. ¡Y su pobre hermana había acabado agradeciendo que Brett no reclamara también parte de la agencia después de haberse pasado años trabajando en ella!

Lily miró al vacío con expresión desolada. ¡No había chalets! Aquello significaba que el dinero de la inversión de Rauf había desaparecido. Después de aquello, ¿qué posibilidades había de que la supuesta confusión con las cuentas del banco fuera cierta? Al parecer, Brett había estado estafando a la agencia desde el principio. Su familia iba a quedarse arruinada y cargada de deudas.

Rauf observó a Lily, que estaba sentada en la roca, paralizada por la conmoción. No dejaba de mirar los cimientos como si aún esperara que en cualquier momento fueran a surgir dos chalets de ellos.

–No puedo creerlo... –murmuró, moviendo la cabeza–. ¿Cómo pudo hacer Brett algo así a su propia familia? Ya han perdido tanto desde el divorcio...

Aquella fue la primera vez que Rauf oía a Lily hacer un comentario negativo sobre Brett Gilman.

–¿No tenías ni idea?

Lily parpadeó y lo miró por primera vez en varios minutos.

–¿Cómo puedes preguntarme eso? ¡Uno de los motivos principales por los que he venido es para vender esas casas! Aún no logro asimilar que ni siquiera fueron construidas...

–Eso es comprensible –de manera que, al menos en lo referente a los chalets, la había juzgado mal, concedió Rauf a regañadientes. Al parecer, y a pesar de su relación con Lily, Brett Gilman había actuado sin su conocimiento. Descubrir que su antiguo amante secreto también le había mentido a ella debía haber resultado especialmente traumático para Lily, sobre todo teniendo en cuenta que ya debía haber sufrido bastante cuando Brett decidió divorciarse de su hermana para irse con otra mujer, no con ella. Aquello debió sentarle como una bofetada en el rostro. Una bofetada merecida, se dijo Rauf.

–Pero tú lo sabías, ¿verdad? –dijo Lily con labios trémulos–. Cuando nos vimos ayer, ya sabías que los chalets no existían.

–Me enteré de todo el asunto hace cuarenta y ocho horas, cuando mi asesor de inversiones decidió ponerme al tanto. Ya que yo también tengo participaciones en Harris Travel, he dado instrucciones para que las familias afectadas por lo sucedido sean compensadas.

Lily lo miró a través de las lágrimas que amenazaban con derramarse de sus ojos. Parecía tan distante, tan controlado... Un sollozo de impotencia escapó de su garganta.

–Eso está bien –murmuró–. ¡Pero dudo mucho que estés pensando en compensar a mi familia por sus pérdidas!

Rauf se acercó a ella, apoyó ambas manos en sus hombros y la hizo levantarse.

–Vámonos de aquí.

–Me siento tan horriblemente mal... ¡como si todo fuera culpa mía! –Lily se dejó llevar unos segundos por su aflicción, pero enseguida se controló–. Yo nunca he tenido mucho que ver con el negocio y aún me cuesta creer que Brett haya sido capaz de robar literalmente a sus propios hijos. Solo Dios sabe cuánto lo odio, pero papá y Hilary siempre tuvieron una elevadísima opinión de su sagacidad para los negocios.

Rauf sonrió con desagrado por encima de la cabeza de Lily y pasó un brazo por su espalda. No iba a dejarse ablandar por sus lágrimas. Ya que había logrado resquebrajar su fachada, seguiría presionándola hasta averiguar todo lo que quería. Suponía que muchas mujeres recurrirían a una memoria selectiva a la hora de recordar una aventura amorosa indefendible que nunca debería haber tenido lugar, pero sentía que Lily le debía al menos la verdad.

–No siempre odiaste a tu cuñado.

–No cuando Hilary y él se casaron.

–Y tampoco cuando, a instancias suyas, me llevaste a tu casa para que invirtiera en el negocio familiar –dijo Rauf con aspereza.

Lily se volvió a mirarlo, sorprendida. ¿A instancias de Brett? ¿Cómo sabía que Brett había desempeñado un papel importante en su decisión de llevar finalmente a Rauf a conocer a su familia?

–¿Acaso crees que no acabé por darme cuenta de que todo había sido un montaje? Harris Travel necesitaba un inversor y yo era rico. ¿Pretendes hacerme creer que fue pura coincidencia que decidieras presentarme a tu familia precisamente entonces? ¡Lo dudo mucho!

–¿Es eso lo que crees? –Lily estaba horrorizada por aquella acusación surgida de la nada. ¿Cómo había podido llegar a creer Rauf que era tan fría y calculadora?

–A pesar de lo que pareces pensar, no nací ayer –replicó él en tono despectivo.

–¡Entonces yo no tenía ni idea de lo rico que eras! –espetó Lily, enfadada–. Y no me enteré de los planes de expansión de la agencia hasta que llegamos aquel fin de semana a casa y ambos oímos a Brett y a papá hablando. ¡El único motivo por el que te llevé a casa fue porque mi hermana se estaba muriendo por conocerte!

–Ojalá pudiera creerte –murmuró Rauf.

–De manera que llegaste a la conclusión de que lo único que buscaba era tu dinero... –Lily volvió a sentir el escozor de las lágrimas en sus ojos–. ¿Y cómo explicas que aquel mismo fin de semana hablara contigo a solas para decirte que te lo pensaras muy bien antes de invertir en Harris Travel? ¿Y qué me contestaste? «Estamos hablando de negocios, algo sobre lo que tú apenas sabes nada, Lily».

Desconcertado por aquel inquietante recordatorio, Rauf abrió la boca para decir que su aparente falta de interés también podía haber sido un truco para espolearlo a demostrar su generosidad hacia su familia. Pero finalmente no dijo nada. Después de todo, estaba viendo una faceta de Lily que esta no le había permitido ver nunca, y no tenía deseo de silenciarla. Allí estaba, prácticamente saltando de rabia frente a él, sin que apareciera por ningún lado su faceta vulnerable, y estaba fascinado con la visión.

–Tú lo sabías todo, ¿verdad? –espetó ella, furiosa–. ¡Pero ahora que todo ha salido mal me culpas a mí! Pues lo siento, pero el único error que cometí contigo, lo único que lamento, es haber sido tan estúpida como para enamorarme de ti.

A continuación, volvió rápidamente hasta el helicóptero y prácticamente saltó a su interior sin necesidad de ayuda. Cuando Rauf se sentó a su lado, ella volvió la cabeza. Estaba convencida de que no iba a ser capaz de volver a mirarlo a la cara después de haber admitido que había estado enamorada de él. ¿Cómo podía haber caído tan bajo? Rauf no tenía derecho a escuchar aquella confesión.

El helicóptero se elevó en el aire. Rauf respiró profundamente para calmarse. No era posible que se hubiera equivocado en todo. Pero, tal vez, la aventura de Lily con Gilman ya había acabado cuando él entró en su vida... sí, claro, seguro que aquella tarde salió a hurtadillas de aquel hotel con Brett por motivos totalmente inocentes, y seguro que también mintió respecto a dónde había estado por motivos igualmente inocentes. ¡Había tantas probabilidades de que aquello fuera cierto como de que ella fuera virgen, cosa que incluso se atrevió a jurarle entonces!

Estaba furioso consigo mismo. Estaba permitiendo que Lily volviera a jugar con él como entonces. ¡Todo lo que había necesitado para empezar a hacerle dudar de su propia inteligencia había sido decirle que había estado enamorada de él! Sabía exactamente por qué lo estaba tentando Lily de nuevo. Sus hormonas no tenían criterio y no podía evitar sentirse atraído por ella. ¡Incluso con aquel remilgado jersey lo excitaba!

Pero Lily ejercía aún aquel poder sobre él porque era increíblemente bella y él no había llegado a ser nunca su amante.

Se movió en el asiento, incómodo, en un esfuerzo por relajar su excitación mientras se preguntaba involuntariamente si Lily mostraría tanta pasión en la cama como cuando le había gritado hacía unos momentos. ¿Y por qué no averiguarlo?

Después de todo, si Lily era inocente de toda culpa en el asunto de los chalets, también debía serlo en lo referente a la estafa de las cuentas. Gilman se había puesto en marcha y se había llevado consigo sus fraudulentos beneficios, pero Rauf estaba dispuesto a perseguirlo y colgarlo con placer de una cuerda por todos sus pecados...

Capítulo 4

CUANDO el helicóptero aterrizó, Lily ignoró la mano que le tendió Rauf para ayudarla a bajar.

Tampoco se fiaba lo suficiente de sí misma en aquellos momentos como para mirarlo. Después de las revelaciones que le había hecho, se sentía aún más conmocionada que al principio.

–¿Dónde estamos? –preguntó mientras por su cabeza pasaban otra docena de pensamientos a la vez. Que, sin ninguna justificación, Rauf había decidido que era una cazafortunas. Que, también sin motivo, había estado dispuesto a creer que ella, y probablemente toda su familia, había conspirado con Brett para estafarlo. Que la había llevado deliberadamente al lugar en el que supuestamente se habían construido los chalets para enfrentarla con las fechorías de Brett. Que no había creído una sola palabra de lo que le había dicho...

Por tanto, no necesitaba preguntar nada para saber que Rauf Kasablan no sentía la más mínima compasión por ella, ni por su hermana y sus hijos, ni por su padre.

–En Sonngul, mi casa de campo –replicó Rauf–. No sé a ti, pero a mí me vendría bien una bebida.

Un ligero temblor recorrió el cuerpo de Lily. Le

aterrorizaba romper a llorar. Sabía que aquella habría sido la reacción lógica después de la impresión que se había llevado, pero no quería hacerlo delante de él. Rauf parecía haberse convertido en su enemigo, y en un enemigo implacable. Estaba dispuesto a poner a la policía tras Brett, y aunque a ella le habría encantado ver a este entre rejas, le estremecía la perspectiva de lo que aquello pudiera significar para Hilary y sus hijas.

Su familia vivía en una ciudad muy pequeña y la gente nunca era amable con los fraudes y las quiebras. Aunque Hilary estuviera divorciada de Brett, Harris Travel seguía siendo el negocio de su padre, y aquello sería lo que la gente recordaría durante más tiempo. Tras haber sido engañada por su marido y haber perdido la casa familiar en el acuerdo de divorcio, Hilary no solo iba a tener que enfrentarse al escándalo y la vergüenza del proceso contra Brett, sino que también iba a perder el único medio de sustento que tenía para su familia. Aquello también rompería el corazón de su padre, pues el único orgullo que le quedaba era su buen nombre.

–Debo llamar a Hilary –dijo mientras avanzaba junto a Rauf por un sendero bordeado de exuberante follaje–. Tiene que enterarse de lo sucedido con los chalets.

–No estoy de acuerdo en que informes a tu hermana en este momento. De hecho, no quiero que te pongas en contacto con nadie en Inglaterra.

Anonadada, Lily miró a Rauf y vio su expresión retadora.

–Puede que tu hermana se haya divorciado de Gilman –continuó él–, pero dudo que podamos fiarnos de que vaya a guardarse las malas noticias para sí. Lo más probable es que le exija una explicación, y no quiero que Brett se entere de que ha sido descubierto antes de que todo lo sucedido quede aclarado.

–¡Puede que lo que tú quieras no sea lo que yo considere más adecuado para mi familia!

–Si quieres que facilite las cosas a tu familia en estas circunstancias, harás lo que te he pedido. Si eliges ponerte en mi contra, recuerda que te lo he advertido.

–Me estás amenazando –murmuró Lily, que empezaba a sentirse enferma.

–No te estoy amenazando –replico Rauf con firmeza–. Solo te estoy exponiendo los hechos. En estos momentos, no tengo motivos para fiarme de tu hermana ni de tu padre, pero estoy dispuesto a no emitir ningún juicio precipitado. Sin embargo, si alguno de vosotros le cuenta algo a Brett, voluntaria o accidentalmente, puede que este desaparezca, y en ese caso tendría motivos para preguntarme si él ha sido el único ladrón de tu familia.

–Muchas gracias por tu confianza –Lily se ruborizó mientras asimilaba las reveladoras palabras de Rauf.

–Te conviene saber qué terreno pisas.

Lily ya lo sabía. Se encontraba bajo la bota de Rauf y corría peligro de ser aplastada. Por supuesto que entendía el mensaje que estaba recibiendo. O dejaba en la ignorancia a su hermana o Rauf sospecharía que Hilary o su padre habían tenido algo que ver con Brett.

–¿Soy tu rehén? –preguntó.

Rauf le dedicó una mirada tan erótica como una caricia.

–¿Te gustaría serlo? –preguntó con voz ronca.

Lily se sintió desconcertada y atrapada por aquellos fascinantes ojos, y una pequeña llama de conciencia prendió en la parte baja de su vientre; sucedió tan rápidamente, que se quedó sin aliento. Apartó de inmediato la mirada de él y la centró en la extraordinaria casa que apareció en aquellos momentos ante su vista. Parecía una casa de cuento, rodeada de venerables robles, y se limitó a mirarla, asombrada. Con un tejado en forma de cúpula y una primera planta sobresaliente, tenía todo el aspecto de una construcción medieval y parecía totalmente hecha de madera.

–Sonngul –dijo Rauf con evidente orgullo–. Es una *yali*, que significa casa de verano en turco. Hace dos años que hice que la restauraran para dar una sorpresa a mi bisabuela.

Una casa de verano del tamaño de una mansión. Lily respiró profundamente.

–Por supuesto, también hice construir una larga extensión en la parte trasera –continuó Rauf–. En la casa original, se cocinaba y se lavaba en el patio. Tampoco había dormitorios. La familia dormía en el mismo sitio en el que vivía durante el día.

La puerta en forma de arco estaba abierta de par en par. Era una casa espaciosa y aireada, con altas ventanas con contraventanas y techos altos. Al entrar, Rauf se quitó los zapatos y Lily lo imitó. En la primera planta había una gran habitación con varias puertas y Rauf le dijo que aquello se llamaba la *basoda*. Cada rincón de la habitación era una zona diferenciada. Rauf se acercó a una de ellas y abrió un armario bar. A un lado había dos cómodos y elegantes sofás en ángulo desde los que se divisaba un tranquilo río tras el cual había un denso bosque. Lily se quitó el jersey y se sentó en uno de los sofás, más relajada gracias a la belleza y el silencio reinantes.

Sin preguntar nada, Rauf le alcanzó una copa de coñac. Ella tomó un sorbo e hizo una mueca, pues nunca le había gustado el sabor a alcohol, pero en aquella ocasión, le sirvió para aliviar la tensión que le tenía atenazado todo el cuerpo.

Rauf dejó su copa en la mesa sin probarla.

–Ayer te juzgué mal –murmuró–. También fui muy grosero. Eso no es habitual en mí, pero estaba muy enfadado y quería hacerte daño.

Sorprendida por su franqueza, Lily asintió rígidamente y agachó la cabeza, pues las lágrimas volvieron a amenazar con derramarse. Finalmente, empezaba a tener una visión fugaz del hombre del que en otra época se enamoró tan perdidamente. Un hombre increíblemente orgulloso y testarudo, pero capaz de reconocer un error cuando lo cometía, por mucho que le costara a su ego. También era un hombre apasionado y muy masculino que podía ser arrogante y dominante, pero que también había sido capaz de hacer que su corazón se derritiera con una de sus carismáticas sonrisas. Afortunadamente, pensó Lily mientras seguía luchando contra las lágrimas, Rauf no le había sonreído ni una vez desde su llegada a Turquía.

–¿Y por qué querías hacerme daño? –preguntó, porque no se le ocurría ningún motivo para ello. Fue él quien la dejó, y ella pasó mucho tiempo después respondiendo al teléfono con la esperanza de que fuera él quien la llamaba. ¿Pero no estaba olvidando sus actuales sospechas sobre ella, o al menos sobre la posible implicación de su familia con las fechorías de Brett? Apartó aquel desagradable pensamiento de su mente, pues era consciente de que no tenía control ni influencia alguna sobre lo que iba a suceder.

Rauf rio con aspereza.

–¿Cómo puedes preguntarme eso?

Lily lo miró y reconoció la tensión que había en el fuerte rostro que en otra época rondó de forma incesante sus sueños.

–Sin duda debes sentir el deseo que despiertas en mí –continuó Rauf con énfasis–. Ni lo he buscado, ni esperaba su regreso, pero el deseo que siento por ti sigue dentro de mí, como aquel verano.

A través de la ventana abierta, Lily podía escuchar el rumor del agua deslizándose sobre las rocas. En el silencio que siguió, aquel sonido pareció invadir sus oídos mientras trataba de asimilar lo que Rauf acababa de admitir. ¿Estaba diciendo que quería volver a estar con ella? ¿Por qué si no iba a haber admitido que aún la deseaba? Volvió lentamente el rostro hacia él y sus miradas se encontraron.

–¿Siempre tratas de conseguir lo que crees que no puedes tener? –susurró.

–*Evet*... sí –admitió Rauf en turco, con un fatalista encogimiento de hombros, como si aquella fuera la norma inevitable para él.

–Así que, si digo que no, me desearás aún más... No deberías haberme dicho eso –Lily trató de bromear, deseando reír y llorar al mismo tiempo, y entonces las lágrimas empezaron a deslizarse de modo incontenible por sus mejillas.

–Lily... no... –tras un instante de duda, Rauf se sentó a su lado y la tomó entre sus brazos, pero se detuvo cuando la tenía a escasos centímetros.

–Lo... siento... –dijo Lily, pero la confesión de Rauf había liberado sus lágrimas como nada más podría haberlo hecho.

–He sido duro contigo –concedió Rauf, y enseguida se preguntó por qué había dicho aquello, aunque no se cuestionó por qué la estaba abrazando.

–No es culpa tuya que Brett haya resultado ser un canalla –Lily cedió a sus instintos y apoyó la cabeza contra el fuerte pecho de Rauf–. Pero ahora mismo no quiero pensar en él.

–Supongo que no –Rauf la apartó un poco y utilizó una mano para hacerle alzar el rostro.

Era el momento ideal para exigir respuestas. Su otra mano se cerró en torno al pasador que mantenía sujeta su larga melena. Sus ojos dorados se fundieron con los azules de Lily durante un largo momento mientras se recordaba que ella se había acostado con el marido de su hermana, que era una mentirosa experta. Pero siguió mirando sus maravillosos ojos azules y se dejó llevar por un sentimiento de «qué más da» totalmente atípico en él.

–¿Por qué me estás mirando así? –preguntó Lily, sin aliento.

–Te estoy apreciando –Rauf la inclinó sobre uno de sus brazos a la vez que soltaba el cierre que confinaba su pelo. Hizo cada movimiento con exagerada lentitud, esperando instintivamente sus protestas, su retirada, como había sucedido unos años atrás. Aún estaba sorprendido por cómo había reaccionado el día anterior entre sus brazos, pues no era así como la recordaba.

Lily apenas podía esperar a sentir de nuevo sus labios en los de ella.

–¿En serio?

–Mucho... –dijo Rauf con voz ronca, sintiendo una especie de amarga diversión al reconocer sin ninguna duda que el rechazo con el que se topó aquel verano solo pudo ser un plan deliberado para despertar su interés–. Sobre todo porque no pareces tan nerviosa como solías.

Avergonzada, Lily bajó la mirada ante el inesperado recuerdo.

–Eso ya lo superé.

¿Pero cuándo lo había superado?, se preguntó Rauf. ¿El día anterior, tal vez, cuando se había dado cuenta de que él tenía el futuro de Harris Travel en sus manos? Apartó aquellos oscuros y peligrosos pensamientos de su mente de inmediato y deslizó los dedos por los dorados cabellos de Lily.

–Siempre quise verlo suelto de este modo.

–Es demasiado largo... se interpone en el camino –el hipnótico brillo de los ojos de Rauf tenía paralizada a Lily. Apenas podía respirar, y el corazón le latía como si acabara de correr la maratón. Notaba los pechos tensos y una líquida sensación de calor se había apoderado de sus partes más íntimas. Un repentino sentimiento de culpabilidad le hizo presionar los muslos.

–Me encanta... –Rauf deslizó las manos hasta sus caderas y la alzó hacia sí–. Te prometo que no se interpondrá en mi camino.

A continuación capturó los labios de Lily con una firme lentitud que hizo que todos los sentidos de esta enloquecieran. Todo pensamiento racional la abandonó al instante, dominado por el placer que le producía lo que le estaba haciendo Rauf. Este exploró el interior de su boca con seductora experiencia y ella clavó los dedos en sus hombros mientras pequeños estremecimientos de placer recorrían su cuerpo.

Rauf alzó su oscura cabeza.

–Es hora de moverse... –murmuró a la vez que se ponía en pie.

Antes de que Lily tuviera tiempo de reaccionar, la tomó en brazos. Ella lo miró, confundida.

–Puedo caminar...

–Me gusta llevarte en brazos –contestó Rauf, y sonrió.

El corazón de Lily latió más deprisa ante el atractivo de aquella sonrisa.

–Voy a llevarte a mi cama, *güzelim*. Si no te gusta la idea, dilo ahora...

Algo parecido al pánico se apoderó inicialmente de Lily en respuesta a aquella invitación. ¿No era demasiado pronto para aquello? ¿Pero estaba dispuesta a rechazar al único hombre que había deseado en su vida? En aquella ocasión, Rauf debía esperar una relación adulta con ella, y él no debía ver ningún motivo por el que no pudieran irse ya a la cama. Aferrarse a sus principios morales sería un triste consuelo si volvía a perder a Rauf por ello. Y, aparte de los nervios y la timidez, si era sincera consigo misma, la mera idea de descubrir la pasión entre sus brazos la hacía sentirse débil de deseo.

–¿Lily...? –dijo Rauf con gesto interrogante, temiendo acabar de nuevo bajo una ducha de agua helada.

Ella lo miró a los ojos y sintió que un montón de mariposas se ponían a revolotear en su estómago. A modo de respuesta, se irguió y lo besó en los labios. El sucumbió con un ronco gemido de aprecio. Pasó al menos un minuto antes de que el cerebro de Lily comenzara a funcionar de nuevo, y para entonces Rauf la estaba dejando sobre una enorme cama. La instantánea tensión que sintió la dejó petrificada en el sitio.

Rauf se apartó para disfrutar de la magnífica visión que tenía ante sí, del pelo de Lily extendido sobre la colcha como el de una princesa de cuento. Mientras se quitaba la chaqueta sin apartar la mirada de ella tomó una repentina decisión.

No estaba dispuesto a dejar que se marchara de nuevo. ¿Por qué iba a sentenciarlo su código moral a negarse aquello en su vida privada? La llevaría de vuelta a Estambul y la instalaría en un apartamento. Que sus parientes femeninas pensaran lo que quisieran. A los treinta años, tenía el derecho indiscutible a vivir como le diera la gana.

–No puedo apartar los ojos de ti... –confesó.

Lily miró cómo se quitaba la corbata y su tensión aumentó. Ella tampoco podía apartar los ojos de él, y apenas podía creer que estuviera en su cama solo dos días después de su llegada a Turquía. Se sentía terriblemente tímida, pero le parecía totalmente natural estar con Rauf. A fin de cuentas, había permanecido en su corazón todo aquel tiempo. Sorprendida por la verdad que se había negado a sí misma durante tanto tiempo, miró a Rauf y comprendió por qué no podía resistirse a él. Nunca había dejado de amarlo.

–¿Haces esto todo el tiempo? –se oyó preguntar, sin ni siquiera haber sido consciente de que iba a hacerlo.

Sorprendido, Rauf dejó de desabrocharse los botones de la camisa.

–Quiero decir... –continuó Lily, que sentía que

su lengua estaba reaccionando ante sus ansiosos pensamientos con más velocidad de la que habría recomendado la prudencia–. ¿Solo un beso y luego directamente a... la cama?

–No desde que era un adolescente.

Lily se ruborizó.

–Solo me lo preguntaba.

Sin vacilación alguna, Rauf la tomó entre sus brazos y la besó con apasionada intensidad.

–Pero ahora somos nosotros... y eso es diferente –aclaró, y enseguida se apartó para quitarse la camisa.

Lily notó cómo se le secaba la boca mientras contemplaba sus poderosos músculos y su piel bronceada. Era un hombre magnífico. Una mata de pelo rizado y oscuro marcaba sus pectorales y se iba cerrando hasta perderse en su cintura. Cuando empezó a quitarse los pantalones, Lily temió sufrir un ataque al corazón.

Solo a base de fuerza de voluntad logró permanecer en la cama cuando vio que sus calzoncillos caían al suelo. ¿Acaso no había superado la fase del beso con sobresaliente? ¿Por qué si no habían alcanzado la de la cama con tanta rapidez?

Un instante después, sintió que el colchón se hundía a su lado y que Rauf la rodeaba con un brazo.

–Eres tan sexy... –murmuró él con voz ronca mientras empezaba a bajarle la cremallera del vestido.

–¿De verdad? –susurró ella a la vez que sentía que el fresco aire de la habitación acariciaba su espalda.

–Por supuesto. Y tienes una piel increíblemente

suave –Rauf la besó en un hombro a la vez que deslizaba los dedos por su espalda.

Mientras ella temblaba de excitación, él tomó su sensual boca con hambrienta urgencia y, una vez más, todo pensamiento abandonó la mente de Lily. Su vestido y su sujetador cayeron al suelo sin que ni siquiera se diera cuenta de que se los había quitado.

Cuando Rauf le hizo entreabrir los labios e invadió la boca con su lengua, sintió que cada centímetro de su piel palpitaba de anticipación. Nada más existía para ella en aquellos momentos, nada más importaba, y sumergió los dedos en los oscuros cabellos de Rauf para retenerlo contra sí.

Pero cuando él se apartó y la alzó para retirar la colcha y dejarla sobre la sábana, el mundo real reclamó a Lily de nuevo. De pronto, la visión de sus propios pechos desnudos y la conciencia de estar vestida exclusivamente con las braguitas le produjeron una intensa vergüenza.

Pero Rauf apenas tardó un instante en volver a estar junto a ella.

–Eres preciosa –dijo con evidente convicción mientras contemplaba sus ojos azules, sus labios enrojecidos por los besos, su magnífica melena, que cubría a medias uno de sus pechos.

Lily sintió que el corazón iba a estallarle en el pecho cuando percibió el evidente deseo que brillaba en los ojos de Rauf.

–Debo advertirte que... aún no he... hecho esto antes.

Sorprendido por aquella inesperada salida, Rauf trató de no mostrar su desagrado. ¿Acaso seguía esperando Lily que creyera que era pura como la nieve? Tal vez, como no le había hecho ver que estaba al tanto de su «relación» con Gilman, sentía que debía seguir simulando. Pero resultaba extraño que siguiera insistiendo en ello después de aquellos años.

–¿Eso te quita las ganas? –preguntó Lily, preocupada al ver que Rauf no decía nada.

–Nada podría conseguir eso –aliviado por el hecho de que Lily hubiera dicho algo a lo que podía contestar, Rauf tomó el camino más fácil. La estrechó de nuevo entre sus brazos y la besó hasta dejarla sin aliento.

Una sensación dulce como la miel recorrió las venas de Lily cuando él le acarició los pechos, y apenas pudo contener un gemido cuando tomó entre los labios uno de sus excitados pezones. Había empezado a sentir una insistente palpitación entre las piernas y, de pronto, notó que su cuerpo la controlaba, desesperado y hambriento por seguir experimentando aquel torturante placer.

–Nunca he deseado a una mujer como te deseo a ti ahora –admitió Rauf, con la respiración agitada. Había dicho la verdad, aunque era una verdad amarga para él.

Pero aquella confesión emocionó a Lily, que, a partir de aquel momento, no tuvo más dudas sobre lo que estaba haciendo: dando donde en otra época tuvo miedo de hacerlo y compartiendo del mismo modo.

–Yo siento lo mismo –susurró a la vez que miraba a Rauf con completa confianza.

Pero no siempre habían sido así las cosas, y Rauf era muy consciente de ello. Una peligrosa sonrisa curvó su expresiva boca.

–¿Ahora que Brett se ha ido?

Lily parpadeó, desconcertada, y de pronto se preguntó, consternada, si Rauf habría sospechado siempre que había algo extraño en su relación con el exmarido de Hilary. Pero no le atraía la idea de hablarle sobre el despreciable comportamiento que había tenido Brett con ella cuando era una adolescente. Era posible que este nunca la hubiera tocado, pero le había hecho mucho daño, y estaba convencida de que Rauf se sentiría asqueado si se enterara de lo sucedido... o, peor aún, tal vez se preguntaría si ella habría alentado de algún modo las atenciones de Brett.

–Lo siento... no te sigo –murmuró, incómoda.

Estaba pálida y Rauf interpretó la tensión de su mirada como un claro indicio de culpabilidad. Una culpabilidad que no le produjo ninguna satisfacción, sino una intensa rabia. Si alguna vez lograba ponerle las manos encima a Gilman, lo destrozaría.

Reprimiendo su enfado, se irguió en la cama y alargó las manos hacia Lily para volver a tomarla entre sus brazos.

–Puede que sea una cama grande –dijo–, pero eso no significa que tengas derecho a perderte en ella.

Lily se dejó envolver en su cálido abrazo. A la vez que sentía un intenso alivio por el hecho de que Rauf no hubiera dicho nada más al respecto, cada célula de su cuerpo se puso en alerta roja ante la renovada fuerza del deseo que la poseyó.

Sintió que se perdía en una impotente mezcla de nervios y anticipación al notar la palpable, dura y ardiente evidencia de la excitación de Rauf contra su vientre. Entonces, él empezó a acariciar con su lengua y a mordisquear sus pezones hasta que la hizo retorcerse y perderse en un mundo de maravillosas sensaciones antes de que él buscara con la mano la deslizante humedad que rezumaba entre sus muslos. Cuando sintió cómo acariciaba con un dedo la parte más sensible de su cuerpo, un prolongado gemido escapó de su garganta. La intensidad del placer fue creciendo hasta dejarla sin aliento.

–Rauf... –jadeó, y ni siquiera sabía lo que quería decir, solo que su deseo era casi insoportable, y que el exquisito dolor que la consumía se estaba convirtiendo en una tortura.

Los ojos de Rauf parecían un incendio cuando se apartó un momento para ponerse protección. Luego hundió las manos bajo las caderas de Lily y la penetró de un suave y experto empujón. Unos pequeños temblores de placer asaltaron a Lily ante la sensación inicial de su miembro ensanchándola.

Entonces, él dijo algo en su propia lengua y volvió a alzar sus caderas para penetrarla más profundamente. Una aguda punzada de dolor sacudió a Lily y, por un instante, se puso rígida y fue incapaz de contener un sorprendido gritito de queja.

Rauf sintió la resistencia demasiado tarde. Se quedó paralizado, como si de pronto hubiera empezado a sonar una alarma, pero el impulso de su movimiento ya le había hecho penetrar la delicada barrera.

–¿Lily...? –empezó, y la voz le falló por primera vez en su vida.

–No pasa nada –murmuró ella, aturdida, adaptándose con admirable rapidez a una categoría de sensaciones que ni siquiera había soñado que existieran–. Me estoy acostumbrando... oh... oh, sí...

Con los ojos firmemente cerrados, rodeó a Rauf

con los brazos, movió cuidadosamente las caderas y fue recompensada con una oleada de placer tan delicioso que se quedó sin aliento, anhelando más.

A pesar de su deseo, Rauf hizo amago de retirarse, pero ella se arqueó hacia él para que no la dejara, y Rauf sucumbió hundiéndose de nuevo en ella con un ronco gemido. La excitación de Lily fue creciendo en intensidad con cada fluida penetración del cuerpo de Rauf en el suyo, hasta que alcanzó su gloriosa cima y pareció estallar en un millón de diminutos fragmentos de éxtasis.

La tensión no permitió a Rauf alcanzar la misma recompensa. Se retiró y miró el feliz e inocente rostro de Lily y fue como si le clavaran un cuchillo hasta la empuñadura. La liberó de su peso y se tumbó a su lado. Lily se acurrucó contra él, lo besó en un hombro y suspiró con la satisfacción de saber que por fin era una mujer de verdad. Él pasó un brazo por sus hombros y la atrajo hacia sí.

–Me siento tan... feliz –admitió finalmente ella. En aquellos momentos, su mundo se limitaba a Rauf. Estaba entre sus brazos. Lo amaba. Finalmente se había acostado con él y había sido recompensada mucho más allá de sus más locas esperanzas.

–Necesito una ducha –murmuró Rauf.

Cuando Lily abrió los ojos para mirar cómo se alejaba hacia el baño, no pudo evitar fijarse en que aún seguía... insatisfecho. Su gloriosa sensación de logro se apagó al instante. Era obvio que Rauf no había disfrutado demasiado con ella en la cama porque, a pesar de que aún estaba excitado, no había querido continuar. Al parecer, la ducha resultaba más atractiva que ella. ¿Pero por qué? ¿Qué había hecho mal?

Capítulo 5

RAUF estaba tomando una larga ducha de agua fría.

Lily sí era virgen. Aún estaba anonadado por el descubrimiento. Iba a tener que ser sincero con ella. Aquella fue su primera decisión.

Trató de imaginar una escena en la que le contaba que, hasta el momento en que lo había descubierto, había creído que se había estado acostando con el marido de su hermana. Hizo una mueca de desagrado. No, no podía decirle la verdad descarnada. Lily se quedaría horrorizada y se sentiría ofendida con razón. ¿Cómo iba a afligirla admitiendo que había dado crédito a la existencia de tal aventura hasta el punto de haberla dejado por ello? ¿Cómo iba admitir que había creído que no solo lo había traicionado a él, sino también a su hermana?

Todo aquel tiempo, Lily había sido todo lo que aseguraba ser, todo lo que él había creído que era al conocerla. Y cuando ella le había dicho cosas como, «¿no podemos seguir siendo amigos?», lo había dicho de verdad, en el sentido más limpio. No había sido una sutil sugerencia sexual de que en aquella ocasión estaba dispuesta a meterse en su cama.

Rauf gimió y pasó una mano por su mojado pelo negro. Una serie de recuerdos anteriormente censurados bombardearon su mente en su forma original. Recuerdos de Lily aquel verano, antes de que rompieran. En todos aquellos recuerdos, Lily resultaba especialmente agradable, poco materialista y de buen corazón.

Para empezar, adoraba a los niños pequeños y era capaz de demostrar una paciencia infinita incluso con los más traviesos. Tampoco solía gustarle que él gastara demasiado dinero en ella y se molestaba en preparar comida cada vez que salían de excursión.

Cada vez hacía más frío en la ducha, pero Rauf estaba inmerso en sus recuerdos, en los terribles errores que había cometido al juzgar a Lily. Finalmente, temblando, tomó una toalla.

A pesar de cómo la había tratado, Lily no podía saber lo que había pasado por su mente durante todo aquel tiempo, y no quería que lo averiguara nunca. No quería que llegara a saber jamás que era un tipo implacable, cínico y, al parecer, con una mente exageradamente suspicaz.

Tan solo le quedaba una duda. ¿Qué había estado haciendo Lily con Brett Gilman en aquel hotel?

¿Y por qué había mentido luego diciendo que no había estado allí? También le intrigaba la causa por la que había dejado de mostrarse tan nerviosa con él. ¿Qué milagro había producido aquel cambio? «Deja de preocuparte por esas cosas», advirtió una vocecita en su interior. «Lily parece un ángel y lo es, así que deja de dudar de la suerte que has tenido encontrando a una mujer que no mereces».

Mientras escuchaba el sonido de la ducha, Lily se dijo que debía levantarse y vestirse cuanto antes.

Seguir desnuda en la cama le resultaba embarazoso, y el orgullo que había sentido hasta hacía unos momentos por su valor se había esfumado. Su estúpido amor, y aún más estúpidas esperanzas, le habían hecho perder el control y no había tenido que esperar mucho para pagar por tanta estupidez. ¿Por qué no lo reconocía de una vez? Lo único que siempre había buscado Rauf en ella había sido el sexo y, una vez obtenido, se había sentido decepcionado.

¿Pero acaso no lo había decepcionado siempre de un modo u otro? Su mente volvió a la época en que lo conoció...

El magnífico ramo de flores que envió al bar para disculparse por lo sucedido solo fue un preludio a su reaparición aquel mismo día. Y no malgastó ni un segundo en dejar claras sus intenciones. Echó atrás su atractiva cabeza, dedicó a Lily una de sus devastadoras sonrisas y murmuró:

–Creo que ambos sabemos que solo he regresado para volver a verte.

–Pero tienes novia...

–No. No salgo con mujeres que gritan a otras mujeres en público. Esperaré hasta que termines tu turno.

Lily nunca había conocido a un hombre menos consciente de la posibilidad de un rechazo. Estuvo a punto de decirle que no, pero cuando miró sus maravillosos ojos dorados y pensó en la posibilidad de que se fuera de allí para siempre, decidió permanecer en silencio.

Rauf la llevó a su apartamento para que se cambiara y Annabel la siguió de inmediato al dormitorio.

–De acuerdo, de manera que no eres lesbiana y

te lo has ligado. Pero ese tipo esperará algo más que un abrazo para cuando acabe la noche, así que no digas luego que no te lo he advertido.

–¿Qué quieres decir? –preguntó Lily, preocupada.

–Es un tipo realmente sexy, así que disfruta esta noche porque no volverás a verlo –profetizó su compañera de piso–. Dirás que no y él no volverá a perder el tiempo contigo. Después de todo, los tipos como él siempre encuentran chicas cuando quieren.

Rauf llevó a Lily a comer a un encantador restaurante turco y hablaron durante horas. Sobre todo habló él y ella escuchó. Estaba trabajando en el lanzamiento de una nueva revista e iba a pasar en Londres todo el verano. Aquella primera noche ni siquiera trató de besarla, pero reservó para sí todas las horas libres que Lily tenía aquella semana.

La siguiente noche la besó y ella lo aceptó sin problemas porque estaban en un sitio público y no se sintió amenazada. También descubrió que le gustaba que la besara. La tercera noche, Rauf le pidió que lo acompañara al hotel y pasara la noche con él, como si aquello fuera lo más natural para ella.

–No hago esa clase de cosas –le dijo.

–Claro que sí –dijo Rauf–. Solo tratas de jugar al eterno juego femenino de hacer que un hombre se desespere antes de decirle sí. Pero yo ya estaba desesperado a los pocos segundos de verte.

–Nunca me he acostado con un hombre –murmuró Lily.

Se produjo un largo silencio.

–¿Estás diciendo que eres...?

Lily asintió rápidamente, ruborizada.

–Supongo que debería decir que seducir vírgenes no es mi estilo, pero, para serte sincero, nunca me había encontrado en esta situación y la idea de ser tu primer amante me vuelve loco.

Aquella no era la comprensiva respuesta que Lily esperaba.

–Lo que trato de decir es que quiero esperar a estar casada –dijo, avergonzada.

–Pero yo no busco una esposa, y no tengo intención de casarme nunca –replicó Rauf–. Provengo de una familia en la que, durante varias generaciones, el matrimonio a temprana edad era la norma. He estado rechazando potenciales prometidas desde que tengo dieciocho años. Me gusta mi libertad. Así que, si quieres algo más, no soy el tipo que necesitas.

Lily lamentó que Rauf no le hubiera dicho aquello en su primera cita. Para entonces ya era demasiado tarde, pues se había enamorado de él. Pero cuando acabó la noche le dijo que no quería volver a verlo.

Recordó su expresión de enfado e incredulidad, y el miedo que le dio comprobar el genio que tenía. Rauf no hizo ni dijo nada para demostrar su enfado, pero ella no lo había olvidado. No la llamó en dos días, pero al tercero se presentó en el pub, aún furioso con ella, pero tratando de ocultarlo. Nada más verlo, Lily supo que, aunque su relación no tuviera futuro, aquel seguía siendo el hombre de su vida. Aquella misma semana, Rauf le buscó otro trabajo como recepcionista en un salón de belleza de la esposa de un amigo suyo, cosa que ella agradeció sinceramente.

Durante unas semanas disfrutaron de su mutua compañía. La cosas solo empeoraron cuando el sexo entró a formar parte de la ecuación. Lily aceptó acompañarlo al hotel en tres ocasiones distintas. En la primera, Rauf le dijo que no estaba preparada para aquello porque, cuando trató de ir más allá de los besos, ella se quedó literalmente paralizada. En la segunda, Lily bebió más de la cuenta con la esperanza de librarse de sus inhibiciones, y Rauf acabó teniendo que llevarla a casa en medio de un tenso silencio. En la tercera ocasión ella le dijo que a veces él le daba miedo. Rauf pareció tan afectado por sus palabras que Lily sintió de inmediato unos remordimiento terribles, pues sabía que la que tenía el problema era ella, no él.

Pero, sorprendentemente, Rauf aceptó aquello durante una temporada y fue tan cariñoso con ella, que Lily no pudo evitar enamorarse aún más de él. Sin embargo, cuando Hilary le pidió que lo llevara a casa, ella siguió poniendo excusas. Entonces, Brett se presentó un día en su apartamento justo antes de que Rauf fuera a recogerla.

–Es hora de que enterremos el hacha de guerra –dijo Brett con una desagradable sonrisa mientras ella se encogía tras la puerta, a la que aún no le había quitado la cadena–. Hilary está deseando conocer a ese tal Rauf Kasabian y te juro que me portaré a las mil maravillas si lo llevas a casa el fin de semana.

–¿Por qué? ¿Por qué ibas a jurar eso?

–A Hilary le duele que apenas vayas por casa. Eso hace que me sienta mal.

Rauf se mostró totalmente dispuesto a conocer a su familia y, aunque Lily se sorprendió por su interés en invertir en Harris Travel, fue un fin de semana estupendo. Una semana más tarde, hicieron una segunda visita a la familia porque el contable de Rauf había volado de Turquía para echar un vistazo a la contabilidad de Harris Travel. Poco después, Rauf y el padre de Lily firmaban un contrato. Pero, durante aquellas cuarenta y ocho horas, todo lo que pudo ir mal fue mal

Lily estaba inquieta pensando que Rauf se volvía a Turquía en unos días. Su sobrina Gemma estaba mala cuando llegaron. Al día siguiente, Lily tuvo que sustituir a un empleado enfermo de la agencia de viajes. Entonces tuvieron que llevar a Gemma a urgencias y Hilary se puso frenética porque no lograba localizar a Brett.

Lily apartó de su mente aquellos desagradables pensamientos y recordó que al ir a despedir a Rauf al aeropuerto aquella misma tarde este no dijo nada de volver a verla o de no volver a verla. No dijo nada de nada. Y aquella fue la última vez que lo vio o tuvo noticias de él. En una ocasión, lo llamó a su teléfono móvil para saber si estaba vivo y cuando Rauf contestó no tuvo valor para decir nada.

Cuando Rauf volvió al dormitorio Lily lo miró con expresión horrorizada, pues había perdido el sentido del tiempo. Su intención había sido estar vestida para cuando reapareciera, de manera que se cubrió completamente con las sábanas como si fuera una niña, dejando que asomaran tan solo unos mechones de su pelo.

Rauf se sintió animado al ver que Lily seguía en la cama una hora después de lo sucedido. Además, seguía desnuda, lo cual significaba que, quisiera o no, iba a tener que escucharlo.

–Lily...

–Vete. ¡Quiero vestirme!

Rauf se acercó a la cama y alzó unos centímetros la sábana para mirarla a los ojos.

–Me he comportado como un completo miserable contigo, pero te aseguro que siento un gran cariño por ti.

–En ese caso, demuéstralo y vete –replicó Lily, pensando que Rauf siempre había utilizado mucho la poco comprometida palabra «cariño» cuando estaba con ella. Pero aquella palabra no contenía ninguna promesa y, tras esperar en vano durante largo tiempo a sus veintiún años una llamada de Rauf, había llegado a la conclusión de que tampoco significaba nada.

–¡No puedo soportar que estés enfadada y no me dejes abrazarte! –protestó Rauf, frustrado.

Lily alzó la cabeza al oír aquello. Había parecido sincero.

–No te entiendo...

–¿Y por qué ibas a querer entenderme? –preguntó él–. Soy un hombre. Se supone que soy diferente.

–Eres demasiado diferente –dijo Lily, impotente–. No se qué terreno piso contigo.

–Estás en mi cama, bajo mis sábanas y voy a sacarte de ahí a la fuerza si no sales por ti misma.

–¡Hazlo y te prometo que te llevarás un puñetazo!

Rauf contempló con asombro la expresión de enfado de Lily.

–Solo estaba bromeando.

Lily sabía que no era cierto. A aquel nivel lo conocía muy bien. Rauf no habría dudado ni un segundo en retirar la sábana. La paciencia era algo desconocido para él.

Finalmente, decidió bajar la sábana hasta que su cabeza quedó al descubierto. Ni siquiera pensó en lo que estaba haciendo porque, con cada segundo que pasaba, la sensación de que Rauf había vuelto a ser el hombre que recordaba de Londres se volvía cada vez más intensa. Parecía más relajado, menos agresivo. Su mirada reflejaba calidez en lugar de frialdad y desprecio. ¿Qué había cambiado? A pesar de sus esfuerzos, no logró dejar de mirarlo.

Rauf se sentó en la cama.

–Me ha sorprendido mucho que fueras virgen. Sé que me dijiste que lo eras, y que hoy lo has repetido, pero ni te creí entonces ni te he creído ahora.

Lily parpadeó al oír aquella repentina confesión.

–¿No me creíste entonces? –repitió.

–Al principio sí –respondió Rauf, que había decidido optar por la verdad en aquel tema–. Pero a veces me preguntaba si no estarías tratando de que te propusiera matrimonio.

Lily se puso pálida y lo miró con una mezcla de resentimiento y reproche.

–Tú me dijiste desde el principio lo que pensabas del matrimonio. Yo ya sabía que lo nuestro no iba a llegar a ningún lado.

Extrañamente, aquellas palabras enfadaron sobremanera a Rauf.

–Nuestra relación no tenía futuro –continuó Lily, preguntándose por qué se habría puesto tenso como si le hubiera dicho algo ofensivo–. Yo vivía en Inglaterra. Tú vivías aquí. Lo único que querías era una relación superficial.

–Yo no hago nada superficial –los ojos de Rauf brillaron retadoramente.

Lily frunció los labios.

–Acabas de hacerlo... aquí, conmigo –a Lily le costó verdaderos esfuerzos mencionar algo tan íntimo, pero tenía que hacerlo–. No sé lo que esperaba, pero no el comportamiento que has tenido después. Imagino que estabas totalmente centrado en ti mismo, como de costumbre, y supongo que te ha dado lo mismo lo que pudiera sentir al ver que te había decepcionado.

–¿Decepcionado? ¿Crees que me has decepcionado? –preguntó Rauf, incrédulo, pasando por alto el comentario anterior sobre su supuesto egoísmo, aunque le había dolido–. ¿Cómo has podido pensar eso?

–No quiero hablar de eso ahora...

Rauf pasó una mano tras la nuca de Lily, la atrajo hacia sí y devoró su boca con una pasión demoledora. Cuando se levantó y empezó a desnudarse de nuevo, ella lo miró asombrada.

Los calzoncillos aterrizaron en el suelo junto a los vaqueros negros. Magnífico como un dios griego, presentaba el atractivo adicional de una descarada y poderosa erección. Lily se ruborizó hasta la raíz del pelo.

–¿Podría persuadirte para que vuelvas a decepcionarme? –preguntó él roncamente.

Sin ni siquiera pensarlo, Lily se deslizó en la cama hasta adoptar una posición más adecuada y, diez segundos más tarde, Rauf se había fundido con ella como una segunda piel. Y si la primera vez le había parecido increíble, la segunda tuvo que calificarla de salvaje. Después, se quedó dormida en brazos de Rauf, flotando muy alto por encima del planeta Tierra. Más tarde, con una energía que acomplejó a Lily, porque pensaba que ella no iba a poder volver a moverse nunca más, Rauf respondió a una llamada de teléfono, se vistió, dijo que iba a encargar la cena y que debía devolver la llamada, y a continuación salió del dormitorio.

El sol ya se estaba poniendo cuando Lily salió de la cama para ducharse. Se sentía como una mujer perdida en un sueño erótico. Se sentía sublime. Rauf la hacía sentirse amada... pero sabía que aquel solo era un amor sexual. Ya no era tan ingenua como para creer que la increíble pasión que manifestaba Rauf por su cuerpo pudiera significar algo más.

«Eres exquisita», había dicho. «Eres perfecta para mí. Me pareces irresistible...»

«De momento», pensó Lily. Sabía que estaba enamorada de un hombre que nunca la consideraría más que una pequeña parte de su vida, que ni siquiera bajo tortura le diría que la amaba y que tendría sumo cuidado de no hacerle ninguna promesa que no fuera a cumplir.

Rauf le había descrito en una ocasión lo tradicional que era su familia, especialmente su bisabuela, su abuela y su madre. Cuando tenía dieciocho años, empezaron a invitar a las hijas de sus amigos diciéndole que no tenía por qué casarse en unos cuantos años, pero que no había ningún mal en elegir temprano y mantener un largo compromiso. Conscientes de que, gracias a su aspecto y a su dinero, iba a ser la diana de muchas cazafortunas, sus familiares se mostraron desesperados por encontrarle una chica adecuada incluso antes de que fuera a la universidad. Por supuesto, dada la fuerza del carácter de Rauf, todas aquellas maniobras ejercieron sobre él el efecto contrario al buscado. Permanecer soltero se había convertido prácticamente en una cruzada para él.

Cuando salió del baño, Lily encontró su maleta en el dormitorio. Estaba a punto de sujetarse el pelo tras secárselo cuando recordó que a Rauf le gustaba suelto y, sonriente, decidió dejarlo así. Mientras se ponía una falda verde y una blusa blanca de manga corta, pensó en cuánto se había fortalecido su carácter desde que tenía dieciséis años. A aquella edad, creyendo que su pelo era el causante de que Brett le prestara excesiva atención, fue un sábado a la peluquería y se lo cortó al dos. Hilary se quedó conmocionada al verla, pero Brett se limitó a sonreír y siguió dándole la lata. Ahora lo llevaba largo para resarcirse de la tímida adolescente que fue. Pero estaba dispuesta a llevarlo suelto para satisfacer a Rauf.

Este estaba en la habitación principal de la parte antigua de la casa, hablando aún por teléfono. Su fuerte rostro se distendió en una sonrisa de bienvenida al verla. Pasó un brazo por su cintura, concluyó su llamada y salió con ella a una preciosa terraza exterior rodeada de flores. Un empleado doméstico llevó bebidas y una gran variedad de aperitivos típicos del país en platos pequeños.

Rauf fue explicando a Lily qué era cada cosa que probaba.

Fue una comida fantástica. Incluso Rauf parecía sorprendido por el número de platos que aparecieron.

–¿Sueles comer así cada noche? –preguntó Lily.

–No, a menos que sea una ocasión especial –Rauf rio–. Esta fiesta solo puede ser en honor de mi invitada. Como Sonngul está tan lejos, no es habitual que reciba aquí a mis invitados, pero ofrecer la máxima hospitalidad es una cuestión de orgullo para nosotros los turcos.

Después de comer, Lily empezó a sentirse culpable por haber dejado pasar todas aquellas horas sin presionar a Rauf para que se pusiera a investigar lo antes posible. Cuanto antes obtuviera las pruebas necesarias para demostrar la culpabilidad de Brett, antes podría informar ella a Hilary de las desastrosas pérdidas económicas que estaban a punto de llevar a la ruina a la agencia de viajes.

–Tal vez podríamos echar un vistazo ahora a los extractos bancarios de Harris Travel –sugirió, incómoda.

Rauf sonrió.

–No necesito tu ayuda para eso, *güzelim*.

–¿Pero no es ese el motivo por el que me has traído aquí? –preguntó Lily, sorprendida–. ¿Para ayudar?

–Eso era una excusa –admitió Rauf–. Ya se están haciendo discretas averiguaciones a través de la oficina principal de ese banco turco en Londres. Tengo bastante influencia y en su momento obtendré la información oficial que he solicitado.

Aquella explicación desconcertó a Lily, pues en ningún momento se le había ocurrido pensar que Rauf la hubiera invitado a ir allí por otro motivo.

–¿No me necesitas en absoluto?

–¿Cómo puedes preguntarme eso después de haber satisfecho todas mis necesidades esta tarde? –la mirada de desvergonzada intimidad que le dirigió Rauf hizo que Lily se ruborizara–. Pero como ya te he dicho, tampoco quería que te inmiscuyeras en mi investigación.

–Sabes ocultar muy bien tus verdaderos motivos –dijo ella, tensa.

–Nuestra situación ha cambiado desde que nos vimos en el hotel Aegean. Entonces no confiaba en ti –le recordó Rauf–. Pero aún quiero obtener las pruebas necesarias para atrapar a Gilman. No pienso disculparme por eso.

–A mí también me gustaría verlo entre rejas... pero eso haría mucho daño a mi familia.

–Me temo que en eso no hay margen para la negociación. Pero no veo por qué iba a tener que sufrir tu familia por ello.

–Aunque no lo veas, sufrirán –murmuró Lily–. No podrás hacer nada por evitar eso.

Rauf parecía divertido.

–Claro que podré hacer algo. No permitiré que tu familia se arruine. Simplemente refinanciaré Harris Travel.

Lily se quedó asombrada ante aquella generosa oferta, y no pudo evitar preguntarse si sería el resultado directo de haber satisfecho todas las «necesidades» de Rauf en la cama. Fue un pensamiento degradante que hizo que le resultara imposible seguir mirándolo a los ojos.

–Ni papá ni Hilary podrían aceptar eso. Han perdido dinero y tú has perdido dinero, pero Harris Travel es nuestro negocio y responsabilidad y Brett era el marido de Hilary.

–Yo me ocuparé de eso. No tienes por qué preocuparte por nada –Rauf deslizó un dedo por el dorso de la mano que Lily tenía apoyada sobre la mesa–. Confía en mí.

Aún desconcertada, Lily retiró la mano y se puso en pie.

–Si prometo no ponerme en contacto con nadie, ¿me permitirás volver al hotel?

Rauf se puso en pie al instante.

–¿Pero por qué ibas a querer irte?

–Porque siento que lo que ha pasado hoy entre nosotros... y esta horrible situación con Brett se están mezclando demasiado.

Antes de que pudiera entrar en la casa, Rauf se interpuso en su camino. Apoyó una mano bajo su barbilla y le hizo alzar el rostro.

–No quieres que Brett sea llevado a juicio –dijo en tono condenatorio, y Lily se estremeció.

–Claro que sí, pero no entiendes...

–Pues hazme entender.

Con toda la brevedad que pudo, Lily explicó a Rauf cuántas adversidades había tenido que sufrir su familia en los últimos tiempos; la larga enfermedad de Joy, que había dejado agotada a Hilary, la perdida de la casa familiar a causa del acuerdo de divorcio, y la posterior depresión de Douglas Harris. La expresión de Rauf se fue endureciendo según escuchaba el recital de tribulaciones, todas ellas provocadas o exacerbadas por la inexcusable falta de preocupación de Brett Gilman por sus hijas.

–Pero de ningún modo querrán Hilary o mi padre aceptar más dinero tuyo –reiteró Lily con firmeza–. ¡Y no quiero que vuelvas a hacer esa oferta solo porque me he acostado contigo! ¿No ves cómo me hace sentir eso?

–No. Lo que tú ves no es lo que yo veo. Eres mi mujer y cuidaré de ti. Eso no tiene por qué avergonzarte y, ¿qué clase de hombre sería si no te apoyara en esta crisis? Buscaré un modo de que puedan aceptar mi ayuda económica. Si quieres, puedes considerarlo puro egoísmo. ¿Cómo iba a quedarme de brazos cruzados mientras tú te preocupas por tu familia?

La sinceridad con que habló Rauf conmovió a Lily.

–No vas a volver al hotel –añadió él, aún molesto por que ella hubiera pensado en aquella posibilidad.

–Pero debería...

–Hasta cierto punto, yo también soy responsable de la facilidad con que Gilman pudo robarnos.

Lily frunció el ceño.

–¿Por qué dices eso?

–Mi último contable era un amigo de la familia. Debí hacer que se retirara mucho antes –explicó Rauf con pesar–. Su salud estaba debilitada y el trabajo era demasiado exigente, pero no quería saber nada de dejarlo. Cuando falló el primer pago de Harris Travel debió hacerse de inmediato una investigación, pero no fue así.

–Eso fue una pena –concedió Lily mientras Rauf la acompañaba al interior.

–El que pasáramos eso por alto debió hacer creer a Gilman que podía conseguir mucho más.

Lily reprimió un bostezo culpable. Estaba tan cansada, que no sabía si estaba en un sueño. Todos los acontecimientos de las pasadas cuarenta y ocho horas empezaban a pasarle factura.

–Estás totalmente agotada –con una cariñosa sonrisa, Rauf la tomó en brazos y la llevó de vuelta al dormitorio, donde la dejó sobre la cama.

Cuando sonó el teléfono interno de la casa, fue a contestar. La noticia de que un policía responsable de la aplicación de la ley en las zonas rurales del país había ido hasta Sonngul para solicitar una reunión con Rauf centró rápidamente la atención de este.

Capítulo 6

EL oficial se presentó como Talip Hajjar y saludó a Rauf con una amable disculpa por su intrusión.

Talip era el oficial superior de la persona que había preparado el informe sobre los tratos de Brett Gilman con los constructores que se iban a encargar de construir los chalets. Al parecer, tras recibir lo que se les debía a través de un representante de Rauf, habían decidido retirar la denuncia. Sin embargo, el oficial consideraba que no estaría bien permitir que un extranjero deshonesto se librara de ser sometido al proceso judicial que merecía.

–Nunca ha sido mi pretensión que ese fuera el resultado –dijo Rauf.

–En ese caso, debo pedirle que persuada a las víctimas de la estafa para que no retiren la denuncia. Solo quieren hacerlo por respeto al nombre Kasabian, pero, dadas las circunstancias, un hombre de negocios de su reputación no tiene nada que ocultar o temer.

Mientras tomaban un té, Rauf explicó a Talip Hajjar el resto de la historia. Tras ponerle al tanto de la presencia de Lily en Turquía y de la completa ignorancia de esta sobre las actividades fraudulentas de su cuñado, le relató todo lo que había sufrido su familia a causa de este.

–Se enfrenta a la ruina por culpa de Gilman –concluyó con pesar–. La familia Harris nunca dejará de lamentar el día en que la hermana de Lily se casó con ese tipo.

–¡Incluso se han quedado sin casa! El padre cometió un terrible error al confiar tan ciegamente en su yerno –dijo Talip a la vez que hacía un expresivo gesto con las manos–. Sin embargo, ¿quién no desea fiarse totalmente de un miembro de su familia?

–Si quiere hablar con Lily, le agradecería que esperara hasta mañana. Ya se ha retirado a dormir.

–Supongo que la joven debe estar terriblemente afligida por todo lo que ha averiguado desde su llegada. De momento, no veo motivos para molestarla. Sin embargo, si la situación cambia, sabré dónde encontrarla.

Cuando el oficial se fue, Rauf volvió al dormitorio, donde encontró a Lily profundamente dormida. Tenía un aspecto tan encantador que, de no saber lo agotada que estaba, tal vez se habría sentido tentado a despertarla de nuevo. Había puesto su honor en juego para que, a pesar de que figuraba en los papeles como directora de la agencia, no apareciera de ningún modo asociada a las actividades fraudulentas de su excuñado. Y lo había hecho gustoso. En compensación, Lily debía explicarle qué estaba haciendo en aquel hotel con Gilman tres años atrás y, sobre todo, porque había elegido mentir al respecto. Necesitaba aclarar de una vez por todas la única duda que le quedaba sobre ella.

Hacia el amanecer, tras un largo y reparador sueño, Lily abrió los ojos y vio a Rauf sentado en el alféizar de una ventana, con la pierna extendida y la mirada fija en ella.

–¿Qué sucede? –preguntó, inmediatamente consciente de su tensión.

–No podía dormir. Me ronda la cabeza algo que siempre he querido preguntarte.

Lily parpadeó mientras él se acercaba a la cama.

–Aún no estoy totalmente despejada... pero adelante.

–En cierta ocasión, te vi saliendo de un hotel con el marido de tu hermana.

Desconcertada por las palabras de Rauf, Lily se puso pálida al recordar aquella desagradable experiencia.

–¿Pero cómo pudiste verme?

–Mi contable estaba alojado en el mismo hotel aquel fin de semana y yo acababa de dejarlo allí. Estaba en el aparcamiento cuando te vi entrar y esperé a que salieras...

–Si me viste, ¿por qué no lo mencionaste? –preguntó Lily, cada vez más perpleja y molesta–. ¿Por qué no te acercaste a mí?

–Sin embargo, aseguraste que no habías salido de la agencia en toda la mañana –concluyó Rauf, ignorando su interrupción.

–¡De manera que te sentaste a observar sin advertirme que estabas allí! –espetó Lily sin ocultar su irritación–. ¡Y luego me hiciste contarte una mentira inofensiva!

–¡Deberías haberme contado la verdad! –replicó Rauf, molesto por el hecho de que Lily se atreviera a cuestionar su comportamiento cuando era el de ella el que estaba siendo cuestionado.

Lily apartó las sábanas y salió de la cama.

–¿Acaso no has mentido nunca en tu vida para evitar una situación embarazosa?

La mirada de Rauf se endureció.

–Estás evadiendo la cuestión...

–¡Por lo que a mí respecta, la verdadera «cuestión» es tu total falta de decencia al ponerme una trampa como esa! ¿Qué me dices de la confianza? ¿Y de la sinceridad?

–No te mostraste digna de mi confianza –dijo Rauf con un desprecio que para Lily fue como un latigazo.

Al ver que él bajaba la mirada hacia sus pechos y darse cuenta de que estaba desnuda, Lily se cruzó de brazos a la defensiva.

–¡No me digas! –replicó en tono sarcástico.

–¡Explícame por qué motivo tuviste que decirme esa mentira! –espetó él.

Los labios de Lily se comprimieron en una tensa línea. Aquel día, tres años atrás, hizo lo que hizo por cubrir las apariencias. Prefirió mentir a admitir que su supuestamente feliz familia estaba muy lejos de ser lo que parecía.

–Brett tenía una aventura –admitió con una amargura que hizo que Rauf la mirara con más atención–. Y no era la primera. Desafortunadamente, aquel día Hilary estaba desesperada por encontrarlo porque Gemma había sido ingresada urgentemente en el hospital y no lograba localizarlo en su teléfono móvil. Pero yo tenía una idea bastante acertada de dónde estaría. ¡El cotilleo local sugería que siempre llevaba a sus amantes al mismo hotel!

–¿Me estás diciendo que mientras tú y los demás sabíais que Brett era un mujeriego, Hilary no estaba al tanto de nada y decidisteis protegerla manteniéndola en la ignorancia?

Lily alzó la barbilla con gesto desafiante.

–¿Y por qué no?

–¡Porque así también protegías al miserable de tu cuñado!

Lily miró a Rauf con auténtica furia por haberla atacado. La inquebrantable creencia de su padre de que lo sucediera en el matrimonio de Hilary no era asunto suyo había sido el primer eslabón de la cadena que la había obligado a guardar el secreto.

–¡Yo no pretendía defender a Brett! Gemma estaba llorando porque quería ver a su padre... ¡Eso era lo único que me preocupaba aquel día!

–¿Y por qué tardaste tanto en salir del hotel con Gilman? –preguntó Rauf con dureza.

–Porque hice que llamaran a su habitación desde recepción y nadie contestó –explicó Lily–. Fui al bar y al restaurante, pero Brett no estaba allí. No quería subir a su habitación, pero al final no me quedó más remedio que ir a llamar a su puerta.

Rauf consideró aquel relato bastante asombroso, por no calificarlo directamente de irreal. Sin embargo, Lily lo había narrado como si no hubiera tenido otra opción. Podría haber creído que hubiera elegido permanecer en silencio la primera vez que se había visto enfrentada a la infidelidad de su cuñado, pero pretender que creyera que había pasado por alto más de una aventura y que se había rebajado a ir a buscar a Gilman en el lugar en que estaba perpetrando su adulterio ya era demasiado. Pero era evidente que Lily no veía nada extraño en lo que acababa de confesar. Sin embargo, advirtiendo a Gilman había protegido la situación de él en el círculo familiar y había evitado que sufriera las consecuencias de sus actos.

–¿Por qué no me dices de una vez toda la verdad? ¡Estabas enamorada de Brett Gilman!

Al oír aquello, Lily se quedó horrorizada.

–¿Cómo puedes acusarme de algo así?

–Es la única explicación que tiene sentido después de lo que me has contado –replicó Rauf–. ¡Me voy al *hamam* antes de que me vuelvas completamente loco!

¿El *hamam*? Los baños, recordó Lily distraídamente, el gran edificio abovedado que había en el patio y que había supuesto que ya no se usaba. Rauf salió dando un portazo y ella se llevó una temblorosa mano a la frente.

«Estabas enamorada de Brett». Se estremeció al pensar en las palabras de Rauf. ¡Qué bien había hecho no contándole el desagradable trato que había tenido que soportar de Brett hasta que se había ido de casa!

Pero lo que más asombrada la tenía era el papel que Rauf había desempeñado en lo sucedido tres años atrás. Aquel mismo día, después de haberla visto en el hotel, después de que ella le hubiera mentido, lo llevó al aeropuerto y nunca más volvió a tener noticias suyas. ¿Sería posible que Rauf la hubiera dejado a causa de aquella mentira? Una tormenta de emociones agitó su pecho al pensar aquello: rabia, intenso pesar, frustración... ¿Tan difícil era comprender que no había tenido otra opción?

No estaba dispuesta a permitir que Rauf se refugiara en aquellos momentos en el *hamam*, donde sin duda creía que iba a dejarlo en paz. Se puso rápidamente la bata y salió del dormitorio.

Cuando entró en el edificio en que suponía que estaban los baños se encontró en un opulento vestuario con duchas, cubículos para cambiarse y varias estanterías con toallas. Se quitó la bata, se envolvió en una toalla y salió a la piscina cubierta.

Mientras se fijaba en una toalla abandonada en el suelo, junto al borde, la oscura cabeza de Rauf rompió la superficie del agua. Nadó hacia las escaleras y salió de la piscina, desnudo, magnífico. Luego, tomó la toalla sin darse cuenta de la presencia de Lily.

Ella sintió que la boca se le hacía agua mientras lo miraba. Intensamente ruborizada, vio cómo se abultaban los flexibles músculos de sus brazos mientras se secaba el pelo.

–¿Rauf...? –susurró, sintiendo que la vergüenza sustituía al enfado y la frustración que le habían hecho seguirlo hasta allí.

Él no había oído en toda su vida una voz de mujer en el *hamam*, y no ocultó su sorpresa. Era posible que algunos turistas estuvieran dispuestos a bañarse en grupos mixtos, pero sus compatriotas eran mucho más inhibidos y jamás soñarían en usar una casa de baños junto con alguien del sexo opuesto.

–¿Qué haces aquí? –preguntó a la vez que rodeaba su cintura con la toalla.

–Necesitaba hablar contigo sobre lo que has dicho... y explicarme.

–¿Y eso no podía haber esperado?

Lily decidió ignorar la pregunta.

–En una ocasión te mentí, pero quiero que comprendas cuál era la situación por aquel entonces. La primera vez que vi a Brett con otra mujer solo tenía quince años. Se lo conté a mi padre, pero este me dejó bien claro que no quería saber nada y se enfadó mucho conmigo.

Desconcertado por lo que acababa de oír, Rauf se acercó a ella.

–¿Contigo? ¿Tu padre se enfadó contigo? ¿Pero cómo pudo enfadarse contigo?

–Piensa en cómo eran las cosas en mi familia por entonces. A papá siempre le había caído bien Brett, y confiaba en él. Ya les había cedido su casa a Hilary y a él, y había permitido que Brett se fuera responsabilizando cada vez más de la agencia...

–Tu padre temía que se hundiera el barco –dijo Rauf, comprendiendo al instante por qué había adoptado aquella actitud el padre de Lily.

–Papá opinaba que su matrimonio y lo que sucediera en él era asunto privado –Lily no pudo contener un sollozo–. Puede que hasta cierto punto tuviera razón, porque Hilary era feliz con Brett. Lo adoraba y pensaba que era perfecto... ¡pero él nunca le fue fiel!

Molesto por no haber apreciado la complejidad de la situación, y por el hecho de que Lily se hubiera visto expuesta a las miserables costumbres de Gilman cuando aún era tan joven y vulnerable, Rauf pasó un brazo por sus hombros para manifestarle su apoyo. Lily se había visto envuelta en un sórdido secreto familiar y le habían dicho que permaneciera en silencio. Que su padre le hubiera hecho soportar aquella carga escandalizó a Rauf, pero que Lily hubiera seguido respetando ciegamente la prohibición de mencionar el tema cuando ya tenía veintiún años, y que incluso hubiera sido capaz de mentirle para proteger a Brett, seguía resultándole preocupante.

–Fue horrible compartir la casa con él sintiéndome culpable por lo que sabía y por lo que Hilary no sabía. Llegué a odiar intensamente a Brett, y cuando empecé mis estudios en la universidad, apenas iba a casa para no estar cerca de él –de pronto, Lily se apoyó contra Rauf y comenzó a sollozar de modo incontenible.

Rauf estaba a punto de preguntarle que, si aquello era cierto, por qué antes de conocer a su familia, y antes de saber quién era Gilman, había visto a este en una ocasión saliendo de su apartamento en Londres. Sin duda, aún había algunas pequeñas inconsistencias que aclarar, pero no podía dudar del genuino dolor que había causado a Lily con sus acusaciones.

–Lo siento –dijo ella con voz temblorosa–. Siento haberte mentido...

Rauf tomó su rostro entre las manos.

–Ahora ya no importa, y ese miserable de Gilman no merece tus lágrimas –dijo, a la vez que frotaba delicadamente las mejillas de Lily con sus pulgares.

En un instante, sin poder contenerse al tenerla tan cerca, reaccionó con todo el fuego de su apasionado temperamento. Pasó una mano tras su cabeza, la atrajo hacia sí y la besó con tal intensidad, que ella dejó escapar un gritito de sorpresa.

–No puedo resistirme a ti... –murmuró contra su boca–. Te miro y siento que un incendio devora mi cuerpo.

Aquellas palabras bastaron para que un deseo repentino e incontenible se apoderara de Lily, que no protestó cuando la hizo tumbarse allí mismo, en el suelo y, sin dejar de besarla, retiró a ambos lados de su cuerpo la toalla con que se había envuelto.

Temblando, vio que la ardiente mirada de Rauf descendía hasta detenerse en sus pechos, cuyos pezones parecían buscar con descaro sus caricias.

Como si hubiera leído el mensaje que estos le enviaban, él inclinó lentamente la cabeza y deslizó la lengua sobre uno de ellos a la vez que con una mano separaba los muslos de Lily para acariciarla dónde tanto estaba deseando ella que lo hiciera.

La excitación se apoderó de ella en una oleada de tal intensidad, que a partir de aquel momento no supo lo que hacía. Rauf siguió acariciándola a su antojo, hasta que la conciencia de Lily quedó exclusivamente centrada en las increíbles sensaciones que su cuerpo era capaz de alcanzar. Cuando un devastador clímax se apoderó de ella y la elevó hasta cimas inconcebibles de placer, un prolongado y gutural gemido escapó de su garganta a la vez que se aferraba a Rauf, extasiada. Solo después se dio cuenta, avergonzada y confundida, de que había alcanzado aquella maravillosa cima sin que Rauf le hubiera hecho el amor, y que todo el placer había sido exclusivamente suyo.

–¿Por qué...? Quiero decir... –murmuró mientras tomaba frenéticamente los bordes de la toalla para cubrirse.

Rauf apartó un mechón de pelo de su frente.

–No podía protegerte... y no quería correr el riesgo de dejarte embarazada –admitió con la respiración entrecortada, pues incluso la perplejidad de Lily ante el hecho de que se hubiera contenido era más de lo que podía soportar su conciencia en aquellos instantes–. Vuelve al dormitorio y duérmete, *güzelim*. Hablaremos más tarde.

Al oír aquella referencia al embarazo Lily se puso tensa y comprendió que debería haber tenido el suficiente sentido común como para haber pensado en aquello.

Se levantó con ayuda de Rauf y, sintiendo los miembros aún completamente flojos, volvió al vestidor sin mirar atrás. Rauf la hacía sentirse como una descocada. Le había hecho comprender que no se había conocido a sí misma hasta que él le había enseñado lo que era la pasión.

Muy serio a causa de la gravedad de unos pensamientos que ya no podía evitar, Rauf se sumergió de nuevo en la piscina. Desde la llegada de Lily a su país se había comportado como un auténtico egoísta y la había tratado de una forma totalmente irresponsable. La había llevado a Sonngul y la había metido en su cama prácticamente de inmediato y sabía que, muy pronto la mitad del vecindario estaría escandalizado por las noticias. El nivel de moralidad que prevalecía en las zonas rurales de su país era mucho más estricto que el de las ciudades en que él solía moverse, y no tenía ninguna excusa que ofrecer en su defensa. Si el rumor de sus relaciones con Lily llegara a oídos de Talip Hajjar, estaba convencido de que este dejaría de creer de inmediato en la respetabilidad de esta.

Rauf cuadró sus anchos hombros y salió de la piscina. El enfado que había sentido hacia Lily había potenciado inicialmente su actitud agresiva, y su deseo por ella lo había llevado a tomar un sendero deshonroso antes de darse cuenta del mal que estaba haciendo. Solo había una manera de rectificar las cosas y de proteger a Lily: se casaría con ella. Con toda la celeridad y discreción que pudiera ofrecerle su dinero, pondría un anillo de bodas en su dedo antes de que su reputación resultara dañada. Lily merecía su respeto y la protección que podía ofrecerle su nombre.

Capítulo 7

A PESAR de que no lo esperaba, Lily se quedó profundamente dormida en cuanto su cabeza tocó la almohada. Despertó cuando una empleada doméstica entró en el dormitorio con una bandeja con comida, y se sorprendió al comprobar que ya eran las dos de la tarde; la intensidad de todo lo vivido durante los últimos días le había pasado factura.

Mientras comía solo podía pensar en Rauf. Todo había sucedido tan rápidamente, y ella había estado tan dispuesta a hacer lo que fuera para tener una segunda oportunidad con él... Se ruborizó al recordar la vergonzosa prontitud con que había sucumbido a sus caricias y, por un deprimente instante, se preguntó como había logrado transformarla tan rápidamente en una descocada sin aparente voluntad propia.

¿Pero no sería que su antigua falta de seguridad y autoestima estaba volviendo a aflorar a su subconsciente? Por primera vez en su vida, se dijo, había alargado la mano para tomar lo que le apetecía, y le había apetecido Rauf. Siempre había deseado a Rauf. Al reconocer aquello, se enorgulleció de haber encontrado el coraje que hasta entonces le había faltado. Se sentía viva de nuevo, y hacía mucho que no era así. ¿Cuándo había sido feliz por última vez? Aquel verano con Rauf, tres años atrás.

Se estaba poniendo un vestido gris de manga corta que le había prestado Hilary cuando oyó el sonido de un helicóptero aterrizando. Se acercó a la ventana y vio que Rauf bajaba del aparato y se encaminaba hacia la casa. Él simple hecho de verlo hizo que su corazón latiera más deprisa.

Rauf había tenido una mañana excepcionalmente ajetreada. Se había ocupado de los arreglos para la boda en un remoto pueblo montañés en el que apenas había probabilidades de que alguien conociera su apellido. Luego, voló al pueblo en el que vivían los constructores estafados por Brett Gilman. No le costó convencerlos para que mantuvieran en pie su denuncia tras hacerles comprender que no se sentiría ofendido si lo hacían.

Antes de entrar en la casa se detuvo a charlar con su devota ama de llaves, Irmak, que apenas había aparecido desde la llegada de Lily a Sonngul. Le preguntó dónde estaba esta refiriéndose a ella como a su esposa y simuló no fijarse en la expresión de sorpresa, excitación e intenso alivio que Irmak fue incapaz de ocultar al oírlo. Aunque odiaba mentir, ya pensaba en Lily como en su esposa, y si era para reparar el daño que había hecho, no lo lamentaba.

Luego entró en la habitación, donde ella lo aguardaba.

–He dormido mucho –dijo precipitadamente al verlo, y no pudo evitar ruborizarse al recordar el abandono con que se había entregado a sus expertas manos en el *hamam*.

–Yo tenía varios asuntos de los que ocuparme –dijo él a la vez que apoyaba ambas manos en su cintura y la atraía hacia sí.

Cuando Lily echó atrás la cabeza para mirarlo a los ojos, sintió un revuelo de mariposas en el estómago seguido de un revelador efluvio de calor. Deseaba tanto sentir aquella dura y sensual boca sobre la suya que casi podía saborearla.

–No, no vamos a ir directamente a la cama, *güzelim* –murmuró Rauf, como si Lily hubiera proferido aquella invitación en alto. Hizo que se sentara en el diván que había tras ella y dio un paso atrás–. Ayer me preguntaste si tenía la costumbre de mantener repentinos y apasionados encuentros con mujeres y yo dije «no desde que era una adolescente»... una respuesta que debería haberme dado motivos para detenerme a pensar seriamente.

–No comprendo... –dijo Lily, repentinamente tensa. ¿Le estaba diciendo Rauf que hacerle el amor había sido un error? ¿Un error que lamentaba y que no tenía intención de repetir?

–Es posible que en mi país las mujeres y los hombres sean iguales ante la ley, pero si una mujer opta por la libertad sexual perderá su buen nombre –admitió Rauf–. Si sigues aquí en Sonngul y continuamos como hasta ahora, serás vista como mi querida y, pase lo que pase en el futuro, tu reputación quedara irreparablemente dañada.

«Su querida». Aquello sonaba sexy, audaz, pensó Lily con cierto orgullo. Amaba a Rauf. Su mundo gris se había visto transformado en otro de color, pasión, sol y emociones. No lamentaba compartir su cama. Si podía estar con él, le daba lo mismo lo que pudiera pensar la gente.

–Comprendo... –dijo, y bajó la mirada–. Eso no supone un problema.

Rauf la miró con expresión incrédula.

–¿No?

Lily salió de su ensueño en cuanto pensó en cómo reaccionaría su hermana a aquella idea. Hilary se sentiría totalmente escandalizada si ella aceptara jugar aquel papel en la vida de Rauf. Pero si aquello era todo lo que había en oferta, ¿en que le beneficiaría a ella dejar al hombre al que amaba? ¿Le consolaría la mera idea de haber hecho «lo correcto»?

–La verdad es que es algo que debería pensar detenidamente –admitió finalmente mientras imaginaba a Hilary viajando a Turquía para darle a Rauf su merecido.

–Podríamos optar por la otra alternativa –dijo él–. Podríamos pagar el precio por haber sido tan impulsivos e indiscretos y casarnos.

Lily se quedó mirándolo, boquiabierta.

–Me temo que es una decisión que debemos tomar cuanto antes –continuó Rauf–. Mi familia no aceptaría nunca a una mujer que haya vivido abiertamente conmigo como mi esposa. Tanto a ellos como a ti os debo más respeto del que he mostrado hasta ahora.

Lentamente, Lily empezó a respirar de nuevo.

–Veo que hablas en serio, pero no puedo creerlo. No puedo creer que estés sugiriendo que nos casemos sólo porque... bueno, ya sabes...

–Lo sé muy bien. Aún te deseo más que a ninguna otra mujer que haya conocido.

–Pero eso no es suficiente, ¿verdad? Especialmente para alguien que siempre ha odiado la idea de casarse.

Rauf comprendió en aquel momento que había esperado que Lily aceptara su propuesta prácticamente antes de que acabara de formularla. ¿Tan arrogante era?

–Las personas cambian –dijo.

–Pero tú dijiste que nunca cambiarías –le recordó Lily.

Rauf abrió las manos en un gesto de impaciencia.

–No deberías creerte todo lo que te dicen. Eso fue hace tres años. Ahora me doy cuenta de que una esposa podría resultarme útil en muchos aspectos.

–¿Útil...? –Lily sintió que su corazón se encogía.

–Tengo tres casas en Turquía, un apartamento en Nueva York y otro en Londres. Mi esposa podría ocuparse de ellos y también podría ser la anfitriona de las fiestas que doy. Y con el tiempo, creo que me gustaría tener un hijo –aquello era algo en lo que Rauf nunca había pensado, y cuando las palabras surgieron de su boca, se quedó tan sorprendido como Lily al oírlo.

–¿En serio? –preguntó con una mezcla de sorpresa y esperanza.

–En serio –contestó él–. Así que, ¿qué me dices ahora?

–Me gustaría tener cuatro –dijo Lily distraídamente, esforzándose por mantener los pies en tierra. Rauf no le estaba ofreciendo amor, como ella había soñado en otra época, pero si quería casarse con ella, no pensaba rechazar la oferta.

Rauf soltó lentamente el aliento.

–¿Cuatro?

–¿Dos? –negoció Lily, reconociendo que había sido demasiado sincera.

–Ya pensaremos en eso. Pero debería decirte que

ya he hecho una reserva preliminar para casarnos en una ceremonia civil mañana por la tarde.

–¿Mañana? –repitió Lily, anonadada.

–Tengo intención de permitir que la gente crea que nos casamos antes de venir a Sonngul –explicó Rauf sucintamente–. Mi familia se sentirá tan encantada de que por fin haya encontrado una esposa que no creo que hagan preguntas incómodas. Serás recibida por mis parientes como si fueras la octava maravilla del mundo. Y cuando se enteren de que quieres tener cuatro hijos, pondrán una alfombra roja allá por donde vayas.

Lily se ruborizó y luego rio.

–Mañana... –repitió, sin poder creérselo todavía–. ¿Qué me pondré?

–Nada que atraiga demasiado la atención hacia nosotros –aconsejó Rauf.

Lily no pudo evitar sentir cierta decepción.

–¿Tenemos que casarnos como si fuéramos espías en una operación encubierta?

–Si no queremos que se difunda el hecho de que hemos mantenido relaciones sin estar casados... sí. Es culpa mía que las cosas tengan que ser así, pero a partir de mañana, podremos dejar atrás ese desafortunado comienzo.

–Cuando se lo cuente a Hilary, va a pensar que me he vuelto loca.

–Como marido tuyo, podré resolver el caos que Gillman dejó tras sí sin que tu familia pueda protestar demasiado –dijo Rauf, satisfecho.

–Supongo que como yerno se te puede considerar todo un partido –murmuró Lily con una sonrisa mientras lo miraba. Era el hombre más atractivo que había visto en su vida e iba a ser suyo para siempre. ¿Le estaría sucediendo realmente aquello a ella? ¿Debería preocuparse por el hecho de que Rauf se estuviera comportando de una forma extraña? A fin de cuentas, se trataba de un tipo muy cauteloso y muy listo que se estaba comportando de un modo muy impulsivo.

–¿Te encuentras bien? –preguntó.

–¿Por qué no iba a encontrarme bien? Por cierto, necesito tu pasaporte para rellenar los formularios que me han dado esta mañana –respondió Rauf, que parecía centrado en asuntos más prácticos–. También habría que conseguir una copia de tu certificado de nacimiento.

–He traído una por si perdía mi pasaporte –Lily tomó su bolso para buscar ambas cosas.

–Excelente. También tendrás que hacerte un breve examen médico antes de que la ceremonia pueda seguir adelante. He conseguido una cita con una doctora en el mismo pueblo. Yo ya he pasado el examen.

Lily acompañó a Rauf a la zona de la casa que utilizaba como estudio, equipada con todo lo último en alta tecnología.

–¿Cuándo esperas averiguar algo sobre esa cuenta del banco en Londres? –preguntó.

Él la miró atentamente.

–¿Por qué?

–Porque en cuanto el asunto quede aclarado quiero poner al tanto a mi hermana de todo lo que ha hecho su exmarido –dijo Lily. Al ver que Rauf fruncía el ceño, añadió–: Puede que Hilary no esperara tener noticias mías de forma inmediata, pero si no me pongo pronto en contacto con ella empezará a preocuparse. Podría enviarle un mensaje escrito con mi móvil. ¿Qué te parece eso?

–¿Tienes un móvil?

–Sí.

–Mi desconfianza hacia ti era tan grande que, si lo hubiera descubierto ayer, te lo habría quitado –admitió Rauf–. Espero obtener la información que solicité en las próximas cuarenta y ocho horas. Escribe un mensaje a tu hermana informándole de que te encuentras bien. Cuando tengamos todos los datos, volaremos juntos a Inglaterra para darle las buenas y las malas noticias en persona.

–Será mucho mejor así –conmovida por aquella considerada sugerencia, Lily dedicó a Rauf una luminosa sonrisa.

Como atraído por un embrujo, él se inclinó y la besó. Cuando ella se apoyó contra él, anhelante, Rauf dejó escapar un gemido de frustración y la apartó con delicadeza de su lado.

–Esta noche dormiré aquí abajo. De ahora en adelante vamos a respetar las normas sociales...

–Pero si planeas simular que ya estábamos casados... –Lily se oyó decir aquello y se ruborizó intensamente.

–Pero ambos sabemos que no lo estamos –dijo él con firmeza a la vez que tomaba el pasaporte y el certificado de nacimiento y empezaba a rellenar los formularios.

Rauf la había transformado en un fresca desvergonzada a una velocidad increíble, reconoció Lily más tarde, tumbada en su cama a solas, tan feliz y excitada que no podía dormir.

A las tres de la tarde del día siguiente, Lily tocó con los dedos su anillo de bodas, aspiró el aroma del ramo de azucenas blancas que le había regalado Rauf y se unió a este para dar las gracias al oficial del gobierno que había presidido la ceremonia.

–¿Qué ha dicho? –preguntó después mientras volvían al coche que iba a llevarlos de vuelta al helicóptero.

–Que, sin duda alguna, eres la novia más guapa que ha casado en toda su vida –Rauf le dedicó una mirada de abierta admiración. Lily estaba preciosa con el sencillo sombrero de paja y el vestido rosa pálido que se había puesto aquella mañana.

De vuelta en Sonngul, cenaron y tomaron café bajo la pérgola del jardín. Después, Rauf fue a llamar a su familia para anunciarles su matrimonio.

–Se lo diré solo a mi padre. El puede ocuparse de comunicar la noticia al resto de la familia.

Lily estaba aguardando su regreso cuando oyó una extraña musiquita. Por unos instantes se preguntó de qué se trataría, hasta que cayó en qué se trataba de su móvil.

Lo sacó rápidamente de su bolso y contestó.

–Soy Brett...

Al oír aquello, Lily se irguió en el asiento a la vez que sentía cómo se le erizaba el vello de la nuca.

–¿Brett? ¿Qué quieres?

Rauf estaba a punto de salir de nuevo tras hacer su llamada cuando oyó que Lily pronunciaba el nombre de Brett. La sorpresa le hizo detenerse.

–¿Qué haces en Turquía? –preguntó Brett con aspereza.

Fría a causa del temor que siempre le había inspirado el exmarido de Hilary, Lily respiró profundamente para calmarse. Una intensa rabia se apoderó de ella al pensar en todo lo que había hecho aquel miserable a su familia, pero logró contenerse al recordar que Rauf no quería que lo pusiera sobre aviso.

–¡Si pretendes darme problemas de nuevo o meter tus narices donde no te corresponde, vas a lamentarlo! –espetó Brett.

Sin poder evitarlo, Lily se sintió enferma al oírlo.

–No se de qué me estás hablando –murmuró–. Solo estoy investigando la oferta turística de Turquía para Hilary...

–No me mientas.

–Rauf y yo acabamos de casarnos –se oyó decir Lily, y se avergonzó de su cobardía, pues incluso mientras hablaba se dio cuenta de que estaba utilizando a Rauf como un escudo, con la esperanza de intimidar a Brett.

–¿Que te has casado con Rauf? –repitió él, incrédulo.

–Sí, ¡así que déjame en paz! –dijo Lily con rabia–. ¡Ahora no puedes amenazarme y no quiero tener nada más que ver contigo!

–De manera que Kasabian se ha casado contigo... ¡vaya, vaya! –de pronto, Brett rio como si aquel hubiera sido el mejor chiste que había escuchado en mucho tiempo–. Oh, qué mundo tan maravilloso, y, oh, qué desastre ocurrirá si el novio se pone a indagar.

–¿De qué estás hablando? –preguntó Lily, desconcertada por la burlona respuesta.

–Cuando estalle el asunto, más vale que me protejas, porque si no lo haces, ese matrimonio tuyo también podría acabar en la basura. ¡Hasta pronto!

Lily se quedó mirando al vacío, con el teléfono en la mano.

¿Hasta pronto? Aquellas palabras la hicieron estremecerse. ¿Estaría Brett en Turquía? Tras unas breves comprobaciones con el móvil, verificó con alivio que la llamada había sido hecha desde Inglaterra? Brett solo había tratado de asustarla. El sentido común sugería que, después de lo que había hecho, aquel sería el último lugar al que querría ir. ¿Pero qué asunto esperaba que estallara? ¿El de los chalets que nunca llegó a construir? ¿El de los beneficios que nunca habían llegado a ser ingresados en las cuentas de Rauf? ¿Y por qué pensaba que iba a protegerlo? ¿Por el bien de su familia? ¿Por conservar las apariencias? ¡Pero en aquella ocasión no había esperanza para él!, se dijo Lily, enfadada. No pensaba dejarse amedrentar nunca más por las amenazas de Brett.

Conmocionado por el diálogo que acababa de escuchar, Rauf se encaminó hacia las escaleras para no ceder al instinto de enfrentarse de forma inmediata a Lily. Cuando finalmente había logrado dejar de dudar de ella, había averiguado la verdad e, irónicamente, lo había hecho a través de sus propios labios. Ya era en sí sospechoso que Brett se hubiera puesto en contacto con ella. Después de su amargo divorcio, ¿por qué iba a llamar a la hermana de su exmujer, a menos que hubieran mantenido una relación que fuera más allá de los límites normales? ¿Y por qué llamarla si, según Lily aseguraba, lo odiaba con todas sus fuerzas?

«¡Déjame en paz! ¡Ahora no puedes amenazarme y no quiero tener nada más que ver contigo!» En algún momento, Lily debía haber estado enamorada de Brett Gilman. ¿Y por qué no? Gilman era un hombre rubio y atractivo que debía gustar a las mujeres. Era posible que Lily no se hubiera acostado con el marido de su hermana, pero, evidentemente, Gilman debía haber sido consciente de los sentimientos de Lily por él, y sin duda debió aprovecharse de ello. Tal vez, el sentimiento de culpabilidad hizo recuperar la cordura a Lily, que incluso quiso confesárselo todo a su hermana. ¿Habría amenazado entonces Gilman con decirle a su esposa que Lily había tratado de seducirlo?

Cuando llegó a lo alto de las escaleras, Irmak se acercó a Rauf con un teléfono. Era su madre, Seren, que estaba muy excitada por la noticia que acababa de darle su marido. Rauf no dijo una palabra mientras su madre sugería que la ceremonia civil era solo para los infieles y le pedía que llevara a Lily a Estambul para celebrar una boda como era debido. A continuación, se puso su abuela para decirle lo mismo, y Nelispah, su bisabuela, fue más radical al sugerir que había que organizar otra boda y actuar como si la ceremonia civil nunca hubiera tenido lugar.

–Lo que queráis... –murmuró Rauf, apenas capaz de prestar atención.

–¿Te encuentras bien? –preguntó Nelispah al captar con su sagacidad habitual cierta reticencia en el tono de su bisnieto.

–Sí –mintió Rauf.

–Trae mañana a Lily a casa y nosotras nos ocuparemos de todo.

En cuanto colgó, Rauf olvidó la llamada y se encaminó inconscientemente al bar. Se sirvió un coñac con mano temblorosa mientras sentía que la rabia recorría su cuerpo como lava ardiendo. ¿Pero qué iba a decirle a Lily? ¿Acaso tenía algún sentido que le dijera algo?

Porque, tres años atrás, él simplemente había aparecido como un segundón en la vida de Lily. Reconocer aquella humillación hizo que un sudor frío cubriera su frente. Pero era evidente. Todo lo que en el pasado lo había desconcertado respecto a su relación con Lily encajaba ahora en su sitio; su aversión a que la tocara, su sorprendente rechazo a ir a visitar a su familia... Cuando la conoció en Londres, debía estar tratando de superar su amor por el marido de su hermana, y salir con él solo debía haber formado parte de aquel esfuerzo.

Aunque Lily le hubiera dicho recientemente que entonces lo amaba, solo debía haberlo hecho en su afán por olvidar un amor que aún la hacía sentirse culpable. ¿Cómo podía haberlo amado cuando era evidente que era a Brett a quien aún quería entonces? Sin embargo, Lily sí lo quería a él ahora, se recordó obstinadamente. ¿Pero languidecía aún por Gilman en algún rincón oculto de su corazón? ¡El hecho de que hubiera roto la relación no significaba que hubiera dejado de amarlo y que no fuera a tratar de salvarlo si surgía la oportunidad!

¿Y cómo reaccionaría cuando Gilman fuera a la cárcel? Rauf soltó el aliento al pensar aquello. Pero Lily era suya, se recordó. Nada ni nadie iba a interponerse en aquella realidad. Lily era su esposa.

Se sirvió otro coñac. No diría nada... ¡No podía decir nada! Enamorarse del hombre equivocado no era un crimen. De hecho, parecía que Lily se había comportado exactamente como debería haberlo hecho dadas las circunstancias; no había habido aventura amorosa. Se había ido de casa y había permanecido alejada para resistirse a la tentación. Debería sentirse orgulloso de ella por ello, se dijo Rauf, casi con rabia. Pero aquello era algo que aún sentía lejano. Aún se sentía demasiado desolado por lo que había escuchado.

Tensa y pálida, Lily fue en busca de Rauf. Estaba en la *basoda*, mirando por la ventana. En seguida percibió la rigidez de su postura, la tensión de sus anchos hombros.

–Supongo que a tu familia le ha disgustado que te casaras con una mujer a la que no conocían... –dijo, asumiendo que aquel era el motivo por el que no había vuelto a la pérgola.

Rauf cerró los ojos un segundo antes de volverse.

–No, nada de eso. Además, aunque brevemente, conociste a mi bisabuela.

–Probablemente pensarán que has cometido el mayor error de tu vida al casarte de forma tan repentina con una desconocida –sugirió Lily, decidida a enterarse de lo peor.

Consciente de que lo estaba mirando, Rauf hizo un esfuerzo por concentrarse.

–Le he contado a mi padre que nos conocimos hace unos años. Lo que ha causado cierto revuelo ha sido lo de la ceremonia civil... creo.

Lily frunció el ceño.

–¿Crees?

–Me temo que he prometido llevarte mañana a Estambul.

–Oh... –Lily se mordió el labio inferior, inquieta–. Tengo algo que decirte. Brett acaba de llamarme al móvil.

Impresionado por su sinceridad, Rauf la miró sin decir nada.

–¡No le he dicho que vas tras él! –continuó Lily rápidamente–. Suele salir con mis sobrinas los viernes por la tarde, y supongo que alguna de ellas le ha mencionado que estaba aquí. Supongo que eso debe haberlo asustado, así que le he dicho que he venido para poder informar a Hilary de las principales rutas turísticas de Turquía... También he mencionado que nos habíamos casado...

Sin decir nada, Rauf avanzó hacia ella, la abrazó y la besó apasionadamente, hasta que todo pensamiento sobre su excuñado abandonó su mente.

–Por mí no hay problema si quieres hacer una costumbre de esto... –murmuró Lily con los labios enrojecidos mientras Rauf la llevaba en brazos al dormitorio. Un vago recuerdo de la llamada de su excuñado pasó por su mente–. ¿No te molesta que Brett haya llamado?

–En absoluto. Es lo lógico –Rauf logró simular una despreocupación que estaba lejos de sentir–. Pero no hablemos de él en nuestra noche de bodas, *güzelim*.

–En nuestra tarde de bodas –susurró Lily, inmensamente agradecida por su reacción.

Capítulo 8

A LA mañana siguiente, luciendo junto a su anillo de bodas el anillo de diamantes que Rauf le había regalado tras la romántica noche que acababan de pasar, Lily acabó teniendo que hacerlo todo precipitadamente. Después desayunar en la cama y prometer a Rauf que solo tardaría media hora, revisó todo su equipaje varias veces antes de optar por una falda lila y una blusa a juego que le parecieron más formales que el resto. Cuando salió del dormitorio, Irmak la estaba esperando junto a una de las sirvientas de la casa que hablaba inglés y que explicó a Lily que Irmak quería enseñarle oficialmente la casa. No queriendo ofenderla, Lily sonrió con la esperanza de que Rauf se mostrara paciente.

Le encantaba Sonngul. Era un lugar especial, fuera del tiempo, en el que Rauf y ella habían vuelto a encontrarse sin la intrusión del mundo exterior. Estaba admirando el maravilloso e inmenso armario lleno de ropa de cama que le estaba enseñando Irmak cuando Rauf apareció y le dedicó una típica mirada de impaciencia masculina.

–Tenemos que estar en el aeropuerto en menos de una hora... ¿para qué estás mirando esas sábanas?

–Irmak ha querido enseñarme oficialmente la casa –dijo Lily en tono de censura.

Cuando pasaban junto a la zona que Rauf utilizaba como despacho, este se detuvo un momento para retirar un fax que estaba llegando en aquellos momentos. Tras guardarlo en una carpeta que tomó consigo, volvió a reunirse con ella.

–Si no hubiera tenido trabajo esperándome, me habría quedado en la cama más tiempo.

A la sombra de los árboles que bordeaban el sendero que llevaba al helipuerto, Rauf dio un apasionado beso a Lily que hizo que los sentidos de esta prácticamente se pusieran a cantar.

En el aeropuerto de Bodrum, Lily no pudo evitar sentirse impresionada al ver el bonito jet privado que los esperaba con el logo de MMI grabado en la cola.

–No hay duda de que sabes cómo viajar –dijo tras el despegue, mientras contemplaba la lujosa cabina en que se hallaba y la cantidad de espacio que rodeaba su cómodo asiento de cuero color crema.

No obtuvo respuesta de su marido y sonrió. Rauf estaba sentado frente a un escritorio que se hallaba en el lado opuesto, con el portátil abierto y totalmente concentrado en unos documentos.

Rauf no se había dado cuenta de que uno de los faxes que había llegado aquella mañana era la respuesta del banco turco al que había pedido información. Por tanto, al echar un vistazo a la hoja no había entendido inicialmente por qué aparecía el nombre de Lily en ella. Pero al ver también el nombre de Brett Gilman, y muy a pesar de sí mismo, comprendió lo que significaba. Tenía que haber un error. Miró de reojo a Lily, que lo estaba observando y le dedicó una maravillosa sonrisa, como si no tuviera la más mínima preocupación en el mundo.

–Lily... –dijo, sin ninguna expresión.

–¿Qué sucede?

Rauf se levantó y la miró sin que un solo músculo se moviera en su rostro.

–Debías saber que iba a averiguarlo. Por eso te has casado conmigo, ¿verdad?

Lily frunció el ceño.

–¿Qué sucede? –repitió.

Rauf se apoyó contra la esquina del escritorio mientras la incredulidad y la rabia crecían en su interior. Se lo había puesto tan fácil... ¡No podía creer que hubiera sido tan estúpido! ¿De verdad había creído que era él quien controlaba los acontecimientos? En cuatro días, Lily había logrado hacerse con su anillo de bodas, quedando así a salvo de toda amenaza. Ya daba lo mismo lo que averiguara. Lily podía permitirse seguir mirándolo con aquel aire de inocencia, pues sabía que no era nada probable que él decidiera denunciar a su propia esposa. Se había casado con una ladrona. Una ladrona mentirosa que había conspirado con Brett Gilman para robarle más de doscientas mil libras. Tomo el fax que había recibido y lo colocó ante ella.

Lily tomó la hoja y trató de leerla.

–Pero está escrito en turco...

–Estoy seguro de que puedes leer tu nombre y el de Brett –dijo Rauf en tono despectivo.

Lily alzó la mirada hacia él, asustada.

–¿Mi nombre y el de Brett? ¿Qué es esto? ¿De dónde lo has sacado?

–Gilman y tú abristeis juntos una cuenta para Marmaris Media Incorporated –dijo Rauf en voz tan baja que ella tuvo que esforzarse para escucharlo–. ¿Y a que no adivinas qué ha pasado? Las hadas malas han pasado por el banco y, tal y como esperaba, ¡han vaciado la cuenta!

Capítulo 9

LILY se puso lívida cuando finalmente comprendió de qué estaba hablando Rauf.

–¡Yo no abrí ninguna cuenta con Brett! –protestó.

–Claro que lo hiciste. Está aquí escrito con toda claridad.

–En ese caso, alguien cometió un error... o Brett me la jugó. ¡Esa es la única explicación posible! –incapaz de soportar por más tiempo que Rauf siguiera de pie y la mirara de aquella forma, Lily se puso en pie.

–No me hagas perder el tiempo. No te creo. ¡Conspiraste con Gilman para robarme!

Lily se puso a temblar a causa de la frustración que le produjo haber sido juzgada y condenada tan rápidamente.

–Eso no es cierto. ¿Cómo puedes pensar algo tan terrible de mí? ¡Soy tu esposa, por Dios santo!

La expresión de Rauf se oscureció visiblemente.

–Sí, eres mi esposa. Eso fue todo un golpe maestro por tu parte. No debes haber parado de reírte de mí desde que nos casamos...

–Ya he tenido suficiente. Dado tu estado de ánimo, ni siquiera voy a tratar de hablar contigo.

–¡Claro que vas a hacerlo! –espetó Rauf a la vez

que la tomaba por las muñecas y la hacía sentarse de nuevo–. ¡Y te advierto que tu habitual táctica de echarte a llorar no te va a servir de nada en esta ocasión!

Los ojos azules de Lily parecieron desprender auténticas llamas cuando lo miró.

–¡En estos momentos, no lloraría ni aunque me ataras a un poste y amenazaras con prenderme fuego!

–Por fin una buena noticia –dijo Brett en tono burlón–. También creo que necesitas saber cuándo y dónde empezaron mis sospechas sobre Brett y sobre ti...

–¿En tu vívida imaginación, tal vez?

Indignado por la despectiva sugerencia, Rauf dedicó a Lily una mirada intimidatoria.

–¿Recuerdas a Tecer Godian.

–¿Tu último contable? –murmuró Lily, desconcertada–. ¿El que acudió a Inglaterra hace tres años para investigar Harris Travel?

–Tecer era un hombre muy astuto. El último día que fui a tu casa dijiste que tenías que ir a la agencia de viajes a echar una mano porque un empleado estaba enfermo. Tecer estaba allí comprobando las cuentas, y también estabais Brett y tú. Aunque Tecer no vio nada concreto, sí vio lo suficiente como para preocuparse.

–¿Qué quieres decir?

–Tecer no sabía que yo tenía una relación sentimental contigo. Aquella misma mañana, más tarde, me dijo que creía haber captado algo extraño en la relación que manteníais tu cuñado y tú. Según él, no os comportabais el uno con el otro como los miembros de una familia normal.

Al escuchar aquello, Lily se puso tensa a causa de la sorpresa. ¿Habría captado Tecer Godian su temor y nerviosismo porque creía encontrarse a solas con su cuñado en la agencia? ¿Y habría notado también su alivio cuando se dio cuenta de que él estaba revisando los libros de la contabilidad en la habitación trasera?

–¡No presté atención a las palabras de Tecer hasta después de esperar a que salieras de aquel hotel con Gilman! –continuó Rauf en tono despectivo–. Aunque te niegas a admitirlo, es evidente que estabas enamorada del marido de tu hermana...

–¡No fue eso lo que tu contable percibió! –dijo Lily, furiosa–. Es una pena que nunca preguntaras a Tecer qué había querido decir.

–¿Acaso crees que me habría rebajado a hablar de ti con un hombre que no solo era mi empleado, sino también un amigo de la familia?

–Si lo hubieras hecho, nos habrías ahorrado a ambos mucha infelicidad –contestó Lily, comprendiendo finalmente qué había hecho sospechar por primera vez a Rauf de la naturaleza de su relación con Brett–. Pero tal vez solo escuchaste lo que querías creer...

–¿Y qué diablos se supone que quiere decir eso? Nos estamos alejando del tema principal –dijo Rauf, tenso–. Todas mis sospechas sobre tu falta de integridad han resultado ser ciertas.

–Y eso supone un alivio para ti, ¿verdad? –Lily lo miró con amargura–. Creer que amaba a Brett, que solo te llevé a mi casa para que invirtieras en Harris Travel, y que mi única motivación era sacarte el dinero.

A Rauf le enfureció que siguiera haciéndose la víctima a pesar de las pruebas.

–Sí. Eso es lo que debo creer.

Lily dejó escapar una risita irónica.

–En ese caso, supongo que tampoco te sorprenderá que te diga cuánto lamento haberme casado contigo ayer.

–¡Eso no te lo crees ni tú! –replicó Rauf–. ¡Si no fueras mi esposa, te entregaría directamente a la policía!

–Supongo que la policía investigaría el asunto con bastante más profesionalidad que tú. A fin de cuentas, ese es su trabajo. Así que, adelante; entrégame, ¡porque no quiero volver a tener nada que ver contigo!

–¡Te aseguro que, tras unas noches en la cárcel, no te mostrarías tan impertinente! –espetó Rauf, furioso–. Y estoy seguro de que te casaste conmigo sabiendo que al hacerlo te estabas protegiendo contra cualquier posible amenaza de ir a prisión.

Lily rio despectivamente.

–Debería escribir un libro sobre mi vida como una aventurera perversa y sin escrúpulos... solo que no parezco haber tenido demasiado éxito, ¿no crees?

–¿Qué quieres decir?

–Según tú, yo amaba a Brett y mentí, robé y engañé por él, pero, por algún motivo, nunca tuve el valor suficiente para meterme en su cama. Además está el hecho de que me encuentro prácticamente arruinada hasta que cobre mi próximo sueldo, así que también soy un completo fracaso como desfalcadora. Y, finalmente, mi mayor error parece haber sido casarme con el tipo al que robé, lo cual no me pronostica precisamente un futuro feliz, ¿no te parece?

Los atractivos rasgos de Rauf se endurecieron.

–Si vuelvo a recibir otra respuesta burlona tuya...

–¿Qué harás? ¿Divorciarte de mí? –interrumpió

Lily con amargura–. Pues para que lo sepas, ¡quiero el divorcio!

–Puedes olvidarte de esa opción –replicó Rauf al instante.

–Y también puedes quedarte con tu maldito dinero. ¡Me consideraré afortunada con librarme de la pesadilla de estar casada con un hombre que no confía en mí!

–Estás casada conmigo, y me temo que no hay vuelta atrás –dijo Rauf, cada vez más enfadado.

–Prefiero arriesgarme con la policía. Me entregaré para aclarar todo esto de una vez –Lily alzó la barbilla en un gesto desafiante.

–¡No seas estúpida! –espetó Rauf.

–Yo no puse mi nombre en esa cuenta...

–¡Deja de mentirme! Gilman necesitaba tu nombre en el papel porque eres una de las directoras de Harris Travel, lo que significa que puede mentir y decir que abrió la cuenta como empleado tuyo porque le encargaste que lo hiciera así. Como directora, eres responsable de la desaparición de los fondos que invertí en la agencia.

Lily sintió que sus rodillas empezaban a chocar entre sí y fue a ocupar un asiento en el lado opuesto de la cabina. Nunca había pensado que la adjudicación de aquella dirección por parte de su padre, nombramiento que nunca le había proporcionado ni un penique, pudiera ponerla en un aprieto. Por fin comprendía por qué Brett le había dicho que tendría que protegerlo. Lo más probable era que hubiera utilizado su nombre por los motivos explicados por Rauf, y no era de extrañar que se hubiera jactado cuando le había anunciado que se había casado con Rauf. Habría comprendido enseguida que Rauf nunca presentaría unos cargos que pudieran poner en tela de juicio la honradez de su esposa. Pero Lily no podía soportar la idea de que Brett Gilman se escapara sin recibir el castigo que merecía.

Tras recordar la tortura a la que la que la sentenció Brett cuando era demasiado joven e ingenua como luchar contra él, Lily respiró profundamente para darse fuerzas. Estaba muy pálida, pero unió sus temblorosas manos sobre su regazo y alzó la cabeza.

–Es preferible que se me responsabilice a mí que a mi hermana, que tiene hijos, o a mi padre, cuya salud es muy precaria –dijo con firmeza.

–¿Cuándo vas a parar de decir tonterías? –preguntó Rauf, exasperado–. ¡No va a haber ninguna demanda por el dinero robado porque no estoy dispuesto a que mi esposa sea considerada una ladrona!

–Pero eso supondría que Brett saldría indemne de todo esto... y eso no podría soportarlo –dijo Lily–. Ha causado tanta infelicidad a mi familia, que quiero que pague por ello, aunque ello signifique que tenga que aguantar que se sospeche de mí durante un tiempo. Pero creo firmemente que la verdad saldrá a la luz, y que se demostrará su culpabilidad en un juzgado.

Rauf observó a Lily con la inexplicable convicción de que, una vez más, contra todo lo que parecían revelar los hechos, se había precipitado sacando conclusiones. Desde donde estaba prácticamente podía sentir las llamas de fervor idealista que emanaban de ella. Tomó el fax del banco turco con rabia.

El nombre de Lily aparecía en la cuenta, pero aquello no quería decir que ella lo hubiera escrito allí. Después de todo, ¿qué habría impedido a Gilman acudir con otra mujer rubia al banco para abrir una cuenta y mostrar alguna identificación sustraída a Lily sin que esta se hubiera dado cuenta? De pronto, Rauf se sintió seguro de que, si se investigara, se descubriría que la firma de Lily había sido falsificada. Lily había reaccionado con sincera rabia y era obvio que no le asustaba hablar con la policía. ¡Además, ninguna mujer en su sano juicio amenazaría con divorciarse de él!

–Vamos a reunirnos con mi familia en poco menos de una hora –dijo en tono menos firme, pues temía haber vuelto a juzgarla precipitadamente. Había vuelto a caer en el mismo abismo de dudas y maldijo los celos que habían enturbiado su juicio. Sabía que tenía que reparar el daño que había hecho y humillarse... solo que hacerlo no se le daba precisamente bien.

–No pienso seguir adelante con eso –dijo Lily.

–Pero ya me has convencido de que eres inocente. No estaba preparado para ese fax y quiero disculparme por haber reaccionado así. Los hechos sugieren que Gilman ha tratado de incriminarte.

–Es evidente que nunca has sido capaz de confiar en mí –dijo Lily, tensa–. Siempre has sospechado de Brett y de mí...

–¡Ya estoy convencido de que nunca hubo nada inapropiado en tus tratos con Gilman! –dijo Rauf con fiera intensidad–. Ahora mismo, ese miserable no me importa nada. Estoy mucho más preocupado por nosotros.

–¿Y eso por qué? A pesar de que no podías fiarte de mí, te casaste conmigo. Encuentro eso muy extraño y extremadamente hiriente –confesó Lily con voz temblorosa al sentir el escozor de las lágrimas–.

Pero así son las cosas, y lo que significa es que nunca me has querido...

–Estás equivocada respecto a eso –cada vez más tenso, pues Lily estaba adoptando una actitud a la que no sabía cómo enfrentarse, Rauf avanzó hacia ella en un intento de tomar sus manos. Sin embargo, Lily retiró las manos.

–No, no lo estoy... Desde el principio al fin, lo único que has querido de mí ha sido sexo, y eso es lo único que sigues queriendo de mí. Y estás tan obsesionado por el sexo, que incluso estás dispuesto a seguir casado conmigo a pesar de creer que en otra época estuve liada con el marido de mi hermana y que te robé –dijo Lily en tono condenatorio–. No creo que eso sea saludable. No creo que nadie pueda pensar que eso sea saludable.

–Puesto así no lo parece, desde luego –Rauf se agachó frente al asiento de Lily para mirarla a los ojos–. Pero describir todo lo que hay entre nosotros como mero sexo es injurioso.

–Yo pienso lo mismo, pero también pienso que simplemente eres así –murmuró Lily, animándose por fin a mirarlo a los ojos–. También eres el tipo más suspicaz que he conocido...

–Pero solo sobre ese tema –interrumpió Rauf–. Y ese tema es el miserable de Gilman y todos los malentendidos que ha habido entre nosotros por su culpa.

–No creo que pueda considerarse un «malentendido» el que acuses a tu esposa de ser una ladrona.

–Tengo mucho genio y una evidente y lamentable tendencia a sacar conclusiones erróneas respecto a ti –Rauf tomó las manos de Lily en las suyas y tiró de ella con delicadeza para que se levantara del asiento–. Pero eso solo sucede porque me preocupo mucho por ti. Lo siento, *güzelim*.

Lily siempre había amado a Rauf y, como resultado de ello, se había mostrado demasiado dispuesta a pasar por alto los defectos de su relación. Pero la dura realidad le había abierto los ojos y creía todo lo que le había dicho hacía unos momentos. También tuvo que reconocer que Rauf parecía incapaz de deducir lo que sucedía en el interior de su compleja cabeza. Después de todo, había parecido muy afectado cuando le había dicho que su único interés por ella radicaba en el sexo y, sin embargo, nunca le había mencionado otra cosa.

–Estoy segura de que podrás explicar a tu familia que cometiste un error al casarte con tanta precipitación...

–Aún esperan que lleve el error a casa –interrumpió Rauf con ironía mientras hacía que Lily se sentara de nuevo y le abrochaba el cinturón porque el avión estaba a punto de aterrizar–. En la familia Kasabian, cuando te casas, permaneces casado.

–Puede que las mujeres Harris tengamos la costumbre fatal de casarnos con los hombres equivocados...

–Ponerme al mismo nivel de Gilman es un golpe realmente bajo.

–Resultará mucho más cómodo para ti que hayamos roto cuando esté ayudando a la policía con sus investigaciones.

–¡No vas a ayudar a la policía en ninguna investigación! –replicó Rauf, que comprendió en aquel momento que estaba dispuesto a hacer cualquier cosa para proteger a Lily. Y si para protegerla tenía que ocultar la prueba para asegurarse de que no la relacionaran con los delitos de Gilman, así lo haría. Solo tuvo que mirar a Lily e imaginarla en una celda para que todos sus principios éticos se tambalearan.

Mientras el avión aterrizaba, Lily empezó a dudar de las decisiones que había tomado. Sin embargo, había que detener a Brett. ¿Qué otras cosas terribles sería capaz de hacer si lo dejaban libre? ¿Acaso iba a tener que pasar el resto de su vida temiendo a aquel hombre? ¿Y por qué iba a tener que perder Rauf su dinero por haberse casado con ella? Eso no estaría bien. Y estaría aún peor que Rauf y su familia tuvieran que sufrir la vergüenza de que este se hubiera casado con una mujer que corría el riesgo de ser arrestada por fraude. Después de todo, si como directora de Harris Travel podía ser considerada responsable de la desaparición del dinero de Rauf, también podía serlo del fraude de los chalets.

¿Y como podía culpar a Rauf por su desconfianza cuando el fax que había recibido del banco parecía una prueba convincente de su implicación en el asunto? ¿Cómo podía culparlo cuando aún tenía que contarle toda la verdad sobre su relación con Brett?

Lo más probable era que Rauf siempre hubiera intuido que no le estaba contando toda la verdad, y aquel era el motivo de su suspicacia. Sin embargo, ¿qué sentido tenía decirle nada ahora que se iban a separar? Porque era evidente que tenían que hacerlo; si Brett iba a ser procesado, y si ella quería proteger a Rauf del escándalo, no había otra opción.

De manera que se entregaría a la policía en lugar de esperar a que esta la detuviera. ¿Había amenazado a Rauf con el divorcio solo porque estaba enfadada con él? La idea de estar sin él era como prestarse a que le arrancaran el corazón sin anestesia.

–No te culpo por pensar que podría ser culpable –dijo con tristeza mientras caminaban hacia la terminal en el aeropuerto de Estambul–. Tienes motivos para...

–No. Pase lo que pase, debería confiar siempre en ti.

–¿Cómo vas a confiar en mí si vengo de una familia que ha albergado durante tanto tiempo a un tipo con Brett? –murmuró Lily, desesperada–. Es mejor que nos divorciemos y que no me menciones a nadie. Si los miembros de tu familia se han disgustado por el hecho de que te hayas casado sin invitarlos a la ceremonia, es posible que aún no hayan hablado de tu matrimonio con sus parientes o amigos, de manera que nadie tiene por qué enterarse de nada.

En un repentino movimiento, Rauf tomó una mano de Lily como si el divorcio fuera tan inminente que tuviera que sujetarla para impedirlo.

–Sé que te he disgustado mucho con mis sospechas, pero no hay motivo para hablar de divorcio.

–Me temo que no pensarás lo mismo si soy arrestada.

–Si existiera el más mínimo riesgo de que sucediera eso, te sacaría de inmediato del país –declaró Rauf con una firmeza que inquietó a Lily, pues parecía sugerir que existía una posibilidad real de que se diera aquella situación–. Pero como no pienso demandar a Gilman, eso no será necesario.

–Pero querías demandarlo...

–Tú me importas mucho más que la venganza –confesó Rauf–. Tu tranquilidad es fundamental para mí.

Al parecer, Lily no estaba dispuesta a conceder que pudiera profesarle ni siquiera cierto afecto, porque suspiró y, mientras Rauf la ayudaba a entrar en la limusina que los aguardaba, dijo:

–Por supuesto, no querrás arriesgarte a que todo esto salga a la luz, con el consiguiente bochorno para toda tu familia. Puedes llevarme directamente a la comisaría –murmuró mientras él se sentaba a su lado–. No estaría bien que Brett se librara de...

–¡Lo que no está bien es que mi esposa hable de divorciarse de mí! –espetó Rauf a la vez que pasaba una mano por la cintura de Lily y la atraía hacia sí–. O que, aún siendo inocente, estés dispuesta a acudir a la policía para contarles una historia que no podrán entender tan bien como yo. Ambos temas quedan zanjados. Para siempre.

Lily tuvo que reprimir un gemido de desolación al sentir la reacción de su cuerpo ante la proximidad del de Rauf.

–Pero...

–Las esposas turcas no suelen discutir con sus maridos. Pregúntale a mi bisabuela, Nelispah –aconsejó Rauf–. Puedes tratar de manipularme de otras mil formas; eso está bien, e incluso es algo que se espera de ti. Pero discutir está mal visto.

–Pero cuando la policía averigüe que soy directora de Harris Travel y Brett sea juzgado por el asunto de los chalets...

–Eres Lily Kasabian. No has hecho nada malo, luego no tienes nada que temer –murmuró Rauf, que no veía motivo para preocupar a Lily diciéndole que la policía ya estaba al tanto de que ella aparecía como directora de la agencia–. Como mi esposa, tu puesto está a mi lado, y si surge algún problema, ten por seguro que yo me ocuparé de tratar con ellos en tu nombre.

–Ojalá fuera así la vida –dijo Lily, que estuvo a punto de reír a pesar de la ansiedad que sentía, pues Rauf parecía creer realmente que no había nada a lo que no pudiera enfrentarse, nada que no pudiera arreglar.

–La vida conmigo es y será así, te lo prometo –Rauf miró los labios de Lily y tuvo que hacer verdaderos esfuerzos para no besarla con toda la pasión que la mera posibilidad de perderla había despertado en él.

Sin embargo, Lily lo había acusado de buscar en ella tan solo sexo, y sabía que aquella acusación volvería a perseguirlo en los peores momentos posibles. Lo último que quería era acrecentar aquella impresión. Esa noche, cuando se acostaran, se limitaría a abrazarla, nada más. Y seguiría haciéndolo durante al menos una semana...

Como atraída por un imán, Lily fue dejando que su peso descansara contra él, hasta que Rauf la sorprendió apartándola de su lado con expresión preocupada. Avergonzada por sus frustradas expectativas, Lily se retiró hasta el extremo del asiento y trató de concentrarse en las ajetreadas calles por las que circulaban. ¿Iría todo bien, como había dicho Rauf? En ese caso, no tenía sentido que se engañara diciendo que quería divorciarse.

¿Estaba realmente obsesionado con el sexo?, se preguntó Rauf, que se encontraba embarcado en otro incómodo proceso de autoanálisis. Habría podido decir que estaba obsesionado con Lily, pero ella ya debería haber deducido aquello por su cuenta. Cuando un hombre se casaba con una mujer cuatro días después de verla, no podía decirse que estuviera siendo especialmente racional, sobre todo si se había pasado la vida jurando que no iba a casarse nunca. ¿Consideraba Lily que la contención sexual era una demostración de cariño y romanticismo incluso durante el matrimonio? De pronto, la contención sexual le pareció como una oscura nube amenazadora.

Inquieta ante la perspectiva de ir a conocer a la familia de Rauf, Lily precedió a este cuando entraron en la enorme mansión en la que habían vivido tres generaciones de Kasabian.

–Te apuesto lo que quieras a que no les gusto.

–A Nelispah le gustaste nada más verte, y mi padre estará feliz sabiendo que no va a tener que volver a escuchar las quejas de las mujeres de la familia porque aún sigo soltero –dijo Rauf animadamente.

En cuanto una doncella abrió la puerta, Seren, la madre de Rauf, una morena pequeña ligeramente gruesa y de unos cincuenta años, se acercó a Lily para darle la bienvenida en inglés. El padre de Rauf, Ersin, una réplica de aquel a pesar de tener el pelo cano, le dedicó una amplia sonrisa. Manolya, la abuela, era la más silenciosa de las tres mujeres. Nelispah Kasabian tomó una mano de Lily en sus frágiles dedos y la miró con ojos llorosos a la vez que asentía, satisfecha.

–Tú y yo tenemos que volar mañana a Inglaterra –murmuró Ersin a su hijo mientras las mujeres se ponían a charlar.

–¿Repite eso? –dijo Rauf, sorprendido.

–Esta promete ser una boda muy tradicional –contestó Ersin–. Debemos preguntar al padre de Lily si te acepta como esposo para su hija.

–Quiera o no, ya me tiene como yerno –contestó Rauf, al que no le hacía ninguna gracia la idea de separarse de Lily, aunque solo fuera por un par de días. Sin embargo, al pensar en ello más detenidamente tuvo que reconocer que nunca se le habría ocurrido casarse con una de sus compatriotas sin acercarse primero a su familia–. Pero tienes razón. Así es como deben hacerse las cosas.

–Cuando vuelvas solo a tu casa esta noche, habrás descubierto una de las verdades más tristes de la vida –dijo Ersin–. No es posible luchar contra Nelispah. Se disgustará si discutes y se quedará destrozada si te niegas a cumplir sus expectativas y, ¿cómo vas a arriesgarte a que suceda eso?

Rauf frunció el ceño.

–¿Solo? ¿De qué estás hablando?

–Si no estás dispuesto a admitir que ya te has casado, no puedes ser visto llevando a Lily a tu casa. Cuando hablamos por teléfono ayer, entendí que ese iba a ser el arreglo...

–Rauf... –desde el otro extremo de la habitación, la bisabuela de Rauf extendió una mano hacia este.

¿Irse solo, sin su esposa? ¿Acaso se habían vuelto locos todos para pedirle tal cosa?, se preguntó Rauf.

–Hasta que se celebre la boda, Lily puede quedarse con nosotros como si fuéramos su familia. Así no habrá cotilleos –dijo la anciana mujer, feliz.

Rauf apretó los puños al ver la mirada de ruego que le dirigió su madre.

–Puedes venir a visitar a Lily cuando quieras –sugirió su abuela Manolya para aplacarlo.

–Pero no puede quedarse a solas con ella –advirtió de inmediato Nelispah–. De lo contrario, la gente dirá que las cosas van demasiado deprisa y que la familia es demasiado liberal.

–Pero Lily ya es mi esposa –dijo Rauf secamente.

–La tendrás para ti el resto de tu vida, pero este es un tiempo para el cortejo y las visitas –Nelispah habló como si todo el proceso estuviera escrito en piedra e ignoró por completo la referencia de Rauf al matrimonio civil–. Supongo que no querrás que se diga que valorabas tan poco a tu novia que no quisiste seguir las ancestrales costumbres de tu país.

Rauf respiró profundamente.

–Hace setenta años era costumbre celebrar bodas...

–Que duraban cuarenta días y cuarenta noches –interrumpió su bisabuela, que logró que Rauf se pusiera pálido–. Pero ya no vivimos en un pueblo y, aunque pienso que es una pena que las bodas se celebren ahora con tanta precipitación, sé que tendrá que bastar con una semana.

Rauf tragó saliva. Una semana; siete días sin Lily. Estaba horrorizado. Pero al contemplar los confiados y esperanzados ojos de su bisabuela supo que no podía decepcionarla con una negativa. Cuando asintió, el noventa y nueve por ciento de la tensión que tenía atenazados a sus parientes se desvaneció al instante.

–Debo explicar esto a Lily... en privado –murmuró Rauf.

–Deja la puerta abierta –dijo Nelispah con el ceño fruncido tras oír la petición de su bisnieto.

Lily había asistido a aquella curiosa escena sin entender nada de lo que estaba pasando. La madre de Rauf no había dejado de hablarle mientras miraba a su hijo con evidente tensión, pero ahora todo el mundo parecía feliz y relajado, excepto Rauf, que estaba aún más tenso que antes.

–¿Qué sucede? –preguntó en cuanto estuvo a solas con él en la habitación contigua.

Rauf soltó el aliento.

–Anoche te oí hablar con Brett por teléfono...

–¿En serio? –interrumpió Lily, que pensó de inmediato que aquel debía ser otro factor que había contribuido a que Rauf se mostrara tan desconfiado al descubrir que su nombre aparecía en la cuenta abierta por Brett.

–Mientras pensaba en lo que había oído recibí una llamada de mi madre y... en realidad no recuerdo bien lo que dije, pero parece que cuando hablé con Nelispah le di la impresión de que estaba dispuesto a pasar por una boda más tradicional para aplacar los sentimientos que había ofendido –explicó Rauf–. Ahora se niega a reconocer la boda civil, lo que significa que espera que nos comportemos como si aún estuviéramos solteros. Eso supone que tendrás que alojarte aquí sin mí hasta que nos casemos por segunda vez.

–Oh... Pero aún faltan diez días para la boda.

–Una semana.

–No. Tu madre ha sido muy clara respecto a la fecha.

–¡Nelispah se está comportando como si nuestra boda por lo civil hubiera sido algo vergonzoso! –protestó Rauf.

–No creo. Me ha aceptado abiertamente y no me gustaría herir sus sentimientos.

Rauf asintió a pesar de sí mismo y luego comunicó a Lily su intención de volar al día siguiente a Londres para visitar a su familia.

–Oh, no... ¡Hilary te odia! –exclamó Lily, consternada.

Rauf vio cómo se llevaba una mano a los labios al darse cuenta de lo que acababa de revelar y no pudo evitar ponerse tenso.

–Te odia por cómo me dejaste hace tres años –añadió rápidamente ella con una mueca de pesar.

Rauf pensó con fatalismo que cada uno de los pecados que había cometido estaban volviendo para perseguirlo.

–¿Y el asunto de los chalets... y lo demás? –preguntó Lily, preocupada–. Hilary y papá tienen que enterarse.

–Sí –reconoció Rauf–. Yo me ocuparé de eso.

–Debería llamar a Hilary.

–Sí, pero dile solamente que nos hemos casado.

–Pero...

–Manejaré el asunto con tacto. Ahora también formo parte de tu familia –Rauf tomó a Lily de las manos y la atrajo hacia sí–. Cuando vuelva, te llevaré a hacer las rutas turísticas que tu hermana espera que hagas, y nadie podrá protestar por eso.

–Te echaré de menos de todos modos –susurró Lily.

Rauf reprimió un gemido.

–Estaré de vuelta en menos de cuarenta y ocho horas, pero de pronto me parece demasiado tiempo... ¿por qué será?

Lily lo rodeó por el cuello con los brazos y se arrimó a él todo lo que pudo. Rauf estaba a punto de besarla cuando una discreta tos procedente de la habitación contigua le hizo contenerse.

–Estoy deseando que llegue ya nuestra segunda boda, *güzelim*.

Las siguientes veinticuatro horas resultaron realmente ajetreadas para Lily. Cuando llamó a su hermana, Hilary se quedó anonadada al enterarse de que su hermana se había casado con Rauf, pero se tranquilizó al saber que iba a haber una segunda boda más formal.

–Asistiremos a la boda, por supuesto –dijo–. Con un poco de suerte, Rauf enviará su avión privado a recogernos y nos ahorraremos los billetes –bromeó, divertida–. A cambio, dejaré de llamarlo «rata» y haré todo lo posible por que me caiga bien.

Lily descubrió enseguida que se llevaba de maravilla con los parientes de Rauf y agradeció con todo su corazón que la trataran con afecto. Aquella tarde se celebró una pequeña fiesta a la que parecieron asistir todas las mujeres conocidas de la familia Kasabian. Lily era el centro de atención, por supuesto. Cuando Nelispah Kasabian empezó a dar muestras de cansancio, ella misma la acompañó a una habitación para que descansara un rato.

Cuando salió, una guapa morena vestida con un elegante traje de pantalón blanco la interceptó para presentarse.

–Soy Kasmet. Conozco a Rauf prácticamente de toda la vida, y me ha sorprendido enterarme de que iba a casarse. Después de todo, ¡sigue enamorado de mí!

Lily parpadeó, desconcertada.

–¿Disculpa?

–Rauf nunca lo admitiría, por supuesto, a pesar de que principios de este años tuvimos una aventura. Es demasiado testarudo y orgulloso –la sensual boca de la mujer se transformó en una tensa línea cuando añadió–: Pero quiero que sepas que tú eres solo una segundona. Rauf se enamoró de mí cuando éramos adolescentes y nunca lo superó.

Lily recordó entonces que Rauf le había hablado de aquel primer y decepcionante amor, y dijo lo primero que se le vino a la mente:

–¡Tú debes de ser la chica a la que encontró en

una ocasión con uno de sus amigos! –al ver que Kasmet se ruborizaba intensamente, añadió–: Lo siento... no pretendía decir eso –murmuró, afectada por la maldad de la otra mujer, pero también avergonzada por su reacción.

Inesperadamente, Kasmet dejó escapar una amarga y breve risa.

–Había bebido demasiado y me comporté como una tonta. No amaba al hombre con el que me casé después de perder a Rauf. ¿Imaginas que pudiera preferir a otro antes que a él?

Lily se puso pálida tras aquellas reveladoras palabras y, reacia a seguir escuchándola, murmuró:

–Discúlpame, por favor...

La fiesta continuó pero, a partir de aquel momento, Lily se vio obligada a interpretar el papel de novia feliz a pesar de que su mente era un torbellino. Sabía que Kasmet estaba enfadada y resentida y que solo quería causar problemas y dolor, pero el problema era que también conocía el lado más oscuro de Rauf y su fuerte carácter. Aunque hubiera esperado amar a Kasmet el resto de su vida, Rauf nunca le habría perdonado su infidelidad. Por ello, lo que más le había disgustado había sido que Kasmet le hubiera asegurado que había tenido una aventura reciente con él. ¿Por qué iba a haberse implicado de nuevo Rauf con una mujer que lo había traicionado? La única respuesta posible era que sus sentimientos por ella seguían siendo muy fuertes.

Por primera vez, Lily pensó que podía haber una buena razón por la que Rauf solo hablaba del «cariño» que sentía por ella: no había dejado de amar a aquella mujer. Una mujer con la que nunca se casaría.

Lily sintió que su corazón se encogía. Ya había

logrado asumir de algún modo que Rauf no la amaba, pero la sospecha de que pudiera estar enamorado de otra mujer resultaba devastadora.

Recién llegado tras haber pasado por París para hacer algunas compras, Rauf observó a la cuadrilla que se esforzaba en subir el gran *düzen* labrado por las escaleras de su casa familiar. En ocho días, catorce horas y treinta y siete minutos, Lily volvería a estar junto a él, en su casa, en su cama. Mientras esperaba, utilizaría el tiempo para demostrarle lo maravilloso que podía ser como marido: romántico, tierno, cariñoso, considerado, sensible, paciente, magnánimo y tolerante.

Cuando entró en la casa se alegró de encontrar a Lily a solas.

–Lily... –murmuró, satisfecho.

–Rauf... –Lily logró sonreír a pesar de su estado de ánimo y lamentó que su corazón careciera por completo de orgullo, pues se puso a latir aceleradamente al ver a su marido.

–¿Me has echado de menos? –preguntó él.

–Hemos estado muy ocupadas... –los labios de Lily se comprimieron en una tensa línea. Después de todo, a Rauf le había llevado dos días volver a Turquía mientras que su padre había tardado menos de veinticuatro horas en estar de vuelta.

La entrada de la cuadrilla que llevaba el baúl supuso una momentánea distracción.

–El *düzen*..., mi primer regalo para ti –dijo Rauf, que controló el impulso de preguntar a Lily qué le pasaba, recordándose que su falta de fe en ella debía haberle hecho perder varios puntos antes sus ojos. Abrió el baúl y sacó una gran caja de su interior.

–¿Qué es? –preguntó Lily.

–La tela para tu vestido de boda. Es una vieja costumbre que el novio se encargue de comprarla.

Decidida a no dejarse impresionar, Lily alzó la tapa con expresión indiferente.. y se quedó maravillada la ver una exquisita tela de seda blanca con un bordado a mano en oro.

–Oh... Es una preciosidad...

–No me dejes verlo –advirtió Rauf al ver que Lily estaba a punto de retirar por completo la tapa.

–Pensaba que la habías elegido tú.

Rauf se encogió de hombros.

–Se supone que el novio debe llevarse una sorpresa con el vestido el día de la boda, así que hice una lista de las cosas que sé que no te gustan y dejé que la diseñadora eligiera la tela. Va a volar esta tarde hasta aquí para hacerte una prueba.

Lily volvió a tapar la caja y miró a Rauf con ojos soñadores, pues lo que le había contado le había parecido muy dulce. Era inútil. No podía comportarse con frialdad con él amándolo como lo amaba. Aunque Rauf sintiera debilidad por Kasmet, no pensaba cometer el error de interrogarlo al respecto. ¿Qué conseguiría poniéndose a husmear en su pasado?

–Todo lo demás que hay en el baúl lo elegí yo –aseguró Rauf.

–¿Todo lo demás? –Lily fue a mirar el interior del baúl y se quedó asombrada. Estaba lleno de ropa.

–Tu ajuar... –Rauf la miró con expresión divertida–. He hecho que suban la ropa interior a tu cuarto en otro paquete. No quería avergonzarte...

–¿Me has comprado lencería?

–Sí, y ha sido una experiencia realmente erótica, *güzelim*.

El tono sugerente de Rauf hizo que la boca de Lily se secara y que su rostro ardiera.

El sonido del bastón de la bisabuela y un murmullo de voces acercándose les advirtió de que estaban a punto de tener compañía.

Media hora más tarde, Rauf llevó a Lily en su coche a ver el suntuoso palacio Topkapi, que había sido la residencia de los sultanes otomanos durante al menos cuatrocientos años.

–¿Qué tal han ido las cosas con mi hermana? –preguntó Lily mientras se dirigían al palacio–. ¿Por qué no me ha llamado? Imagino que se habrá llevado un disgusto horrible al enterarse de lo sucedido con los chalets.

–Dijo que prefería esperar a hablar contigo cuando viniera para la boda. Cuando le conté lo de los chalets, se llevó un gran disgusto y se enfadó mucho. Pero tu padre ha aceptado que yo compre Harris Travel como socio igualitario –explicó Rauf–. Hilary no quería aceptar al principio mi propuesta, pero puedo ser muy persuasivo.

–Sí, lo se... –Lily observó el fuerte perfil de Rauf y sonrió–. Has sido increíblemente amable.

–Tu familia ha pasado por una mala época y quería ayudar.

–¿Siempre consigues lo que quieres?

–Tú fuiste uno de mis pocos fracasos.

–¿Y Kasmet? –el nombre de la otra mujer surgió de los labios de Lily sin que pudiera evitarlo.

Rauf, que había detenido el coche en un semáforo, se volvió a mirarla con una expresión mezcla de sorpresa y enfado.

–¿Dónde la has conocido?

Lily se ruborizó.

–Asistió a la fiesta que organizó tu madre.

Rauf hizo una mueca de desagrado.

–Mi padre aún tiene negocios con el suyo, pero me sorprende que Kasmet tuviera el valor de asistir. No nos cae bien a ninguno.

–Según dice, aún sigues perdidamente enamorado de ella.

La expresión de Rauf fue de total incredulidad.

–¿Once años después de encontrarla en la cama con otro?

–En ese caso, supongo que no has tenido una aventura reciente con ella.

Los cláxones empezaron a sonar tras ellos cuando el semáforo se puso en verde y Rauf se limitó a seguir mirando a Lily.

–¿Te has vuelto loca? –preguntó, furioso–. ¿Quién te ha dicho eso? ¿Ella? –al ver que Lily no lo negaba, Rauf apretó los dientes y pisó el acelerador–. Voy a su casa a dejar esto aclarado ahora mismo.

–No... ¡no, por favor! –suplicó Lily.

–¡Si quiere contar mentiras, tendrá que pagar un precio por ello! Eres mi esposa y no pienso permitir que nadie te disguste...

–Me disgustaré más si haces una montaña de un grano de arena –advirtió Lily–. Después de lo que me has dicho, comprendo que Kasmet se estaba dejando llevar por el rencor...

Te aseguro que después de que hable con ella no tendrás por qué volver a aguantar ese rencor –prometió Rauf.

Lily sintió un gran alivio cuando, unos minutos después, Rauf pulsó el timbre de una lujosa casa y nadie fue a abrir.

–Estoy deseando ver el palacio Topkapi –murmuró cuando él volvió al coche.

Rauf la miró un momento, se inclinó hacia ella y la besó con un fervor posesivo que electrizó el cuerpo de Lily. Echó la cabeza atrás y abrió la boca para que Rauf penetrara con la lengua en su interior.

Unos segundos después, él se apartó con un estremecimiento.

–Cuando te tengo cerca, pierdo el control –murmuró–. ¡Ni siquiera en los lugares públicos logró mantener las manos alejadas de ti!

–Pues vamos a un sitio privado –dijo Lily sin detenerse a pensarlo dos veces.

–No –dijo Rauf con firmeza mientras volvía a poner el coche en marcha.

Lily se había ruborizado hasta la raíz del pelo.

–¡Pero estamos casados! –protestó.

–Tenemos toda una vida por delante –dijo Rauf, que estaba teniendo que hacer verdaderos esfuerzos para resistirse a la tentación.

Una hora más tarde, a la sombra del pabellón del cuarto patio del palacio, Lily contempló la espectacular vista del mar sin lograr concentrarse en ella. Estaba pensando en la inmediatez con que Rauf había respondido a sus preguntas sobre Kasmet y comparando la abierta franqueza que había demostrado con su secretismo respecto a Brett. No había dejado de utilizar excusas para convencerse a sí misma de que no necesitaba contar a Rauf la desagradable verdad del comportamiento de Brett hacia ella, pero contándole las cosas solo a medias no había sido justa con él ni consigo misma.

Respiró profundamente y tomó una repentina decisión.

–Quiero contarte algo, Rauf. Quiero que entiendas por qué siempre he tenido miedo de Brett.

Él la miró atentamente y asintió, tenso.

Lily se encogió de hombros antes de empezar.

–Supongo que es un miedo irracional, pero el problema es que Brett empezó a comportarse mal conmigo cuando yo era demasiado joven para saber cómo tratar a un matón como él. La primera vez que lo vi con una mujer y se lo conté a papá, Brett dedujo que había sido yo la que se lo había contado. Fue a recogerme al colegio y se puso como un loco porque quería asustarme. Me gritó y amenazó diciendo que si volvía a hablar sobre él con alguien le diría a Hilary que... que yo había tratado de seducirlo...

Rauf dejó escapar una maldición entre dientes y tomó las manos de Lily en las suyas.

–Ni siquiera ahora sé si Hilary habría aceptado mi palabra contra la de Brett. Estaba loca por él. Pensaba que era muy atractivo y solía bromear diciendo que las demás mujeres no dejaban de coquetear con él. De manera que me mantuve en silencio, pero eso no bastó para Brett. Me odiaba y le gustaba fastidiarme –murmuró Lily–. No dejó de atormentarme durante los tres años que tardé en poder irme de casa.

–¿Cómo? –preguntó Rauf.

–Cuando no había nadie más cerca, solía dedicarse a hacer comentarios obscenos sobre cómo se estaba desarrollando mi cuerpo... y cosas de esas... –Lily tuvo que esforzarse para continuar hablando–. Nunca me puso una mano encima, pero yo vivía aterrorizada temiendo que algún día lo hiciera.

Rauf pasó un brazo por sus hombros e hizo que se apoyara contra su cuerpo. Él mismo estaba temblando literalmente de rabia. Sabía que, si algún día tenía cerca a Gilman, querría matarlo con sus propias manos. ¡Qué ciego había estado al deducir que lo que sucedía era que Lily estaba enamorada del marido de su hermana! Aunque tarde, por fin comprendía a qué se había referido su contable cuando le había dicho que notaba algo raro en la relación que había entre Lily y Brett; Tecer Godian había percibido el miedo que Lily profesaba a su cuñado.

–No le dije nada a papá porque temía que Brett llevara adelante su amenaza de decir que yo había tratado de seducirlo. Y si me hubiera empeñado en demostrar que mentía, la verdad habría destrozado el matrimonio de Hilary. No era capaz de enfrentarme a la situación...

–¿Cómo ibas a hacerlo? –dijo Rauf–. Deberías haberme contado todo esto hace tres años.

–Me asustaba que pudieras pensar que había alentado a Brett... Además, para entonces ya me había acostumbrado a mantener el secreto –confesó Lily–. Fue por él por lo que empecé a vestir como lo hago; me esforzaba por no llamar su atención. Solo al ir a la universidad me di cuenta de lo diferente que era a las otras chicas. Me sentía tan nerviosa con los chicos... Ni siquiera me gustaba que me miraran porque me hacían recordar a Brett y me sentía sucia.

–Tranquila... tranquila –murmuró Rauf con voz ronca, sintiendo una extraña mezcla de rabia y remordimiento por no haber sido más comprensivo con ella.

–Cuando me enamoré de ti, traté de esforzarme más –admitió ella, casi dolorosamente–. Después de ti... bastante después, pedí ayuda a una psicóloga porque sabía que no era normal sentir lo que sentía.

Durante unos segundos, Rauf se limitó a mantenerla abrazada. Luego, la llevó al restaurante del palacio, que se hallaba en una magnífica terraza al aire libre, y le hizo preguntas sobre el asesoramiento que recibió de la psicóloga.

–El comienzo de mi recuperación fue comprender que estaba permitiendo que Brett arruinara mi vida –dijo Lily con una irónica mueca–. La obligación de mantener el secreto, la sensación de estar atrapada en mi propia casa, el sentimiento de impotencia... todo ello fue conformando mi carácter. Dejé que Brett me convirtiera en una víctima.

–Y no puede decirse que yo te ayudara precisamente con mi actitud –Rauf acarició con delicadeza una mejilla de Lily–. No dejaba de sentir tu reserva hacia mí y busqué rápidamente la explicación más fácil para tu comportamiento. Pero no hice nada por alentar tu confianza, *güzelim*.

Lily sintió que la emoción atenazaba su garganta y tuvo que tragar. Era muy agradable saber que ya no había secretos entre ellos. Rauf no había dudado ni un momento de ella, lo que le produjo una intensa sensación de alivio.

Los días que siguieron fueron muy ajetreados. Entre los preparativos de la boda y las visitas turísticas que hizo con Rauf, Lily apenas tuvo tiempo de pensar.

A mitad de la semana, Rauf consiguió las pruebas que demostraban que la firma de Lily que aparecía en el contrato con el banco en el que Brett había abierto la cuenta era falsa.

–Es una falsificación muy burda, y los especialistas apenas han necesitado unos minutos para llegar a esa conclusión –dijo, satisfecho–. Gilman se cree muy listo, pero falla estrepitosamente en los pequeños detalles.

–¿Qué le va a pasar? –preguntó Lily, ansiosa.

–No quiero que pienses ni un minuto en él –dijo Rauf–. Confía en mí. Te aseguro que nunca más va estar en condiciones de hacerte daño a ti ni a tu familia.

Cuando solo faltaban dos días para la boda, Rauf tuvo que ausentarse para resolver unos problemas que habían surgido en uno de sus periódicos. Lily empezaba a sentirse cansada después de tantos días de tensión y ajetreo y, consciente de que sus parientes iban a llegar al día siguiente, decidió no asistir a una cena a la que había sido invitada junto con el resto de la familia de Rauf para retirarse a dormir antes de la hora habitual. Estaba a punto de hacerlo cuando una doncella llamó a la puerta de su habitación para decirle que tenía una visita.

Cada tarde durante aquella semana, acompañada de las matriarcas de la familia, Lily había recibido las visitas y los regalos de varios de los invitados que iban a asistir a la boda. En aquella ocasión, sin el apoyo de la madre de Rauf, que solía sentirse encantada en su papel de traductora, solo pudo rogar para que su inoportuno visitante hablara inglés.

Pero cuando entró en la sala de estar, la sonrisa de bienvenida que curvaba sus labios se desvaneció al instante al ver al hombre rubio que se hallaba junto a la chimenea.

Brett le dedicó una desagradable sonrisa.

–¿No te había dicho que nos veríamos pronto?

Capítulo 10

LILY se quedó petrificada en el sitio.

El miedo le atenazó la garganta e hizo que se le pusiera la carne de gallina. Sin embargo, mientras miraba a Brett, sin poder creer que hubiera corrido el riesgo de presentarse allí, empezó a notar los cambios en él. Normalmente vestía muy bien, pero en aquellos momentos llevaba un traje totalmente arrugado, necesitaba afeitarse y sus ojos azules estaban inyectados en sangre. Cuando avanzó al interior de la habitación también notó que olía a alcohol y percibió en su rostro la desesperación que trataba de ocultar.

–Sé que todos los Kasabian están fuera, cenando –dijo Brett con intención de intimidarla–. Les he visto salir de la casa y estoy seguro de que querrás mantener esta pequeña visita de cortesía.

–¿Y por qué iba a querer hacer eso? –aunque la voz de Lily surgió débil, ya estaba superando su viejo e instintivo miedo a Brett y empezaba a verlo con los ojos de una mujer, no con los de una adolescente asustada. Aunque la familia estuviera fuera, la puerta estaba entreabierta y sabía que fuera habría un empleado doméstico esperando recibir el encargo de llevar un té para la visita.

–¿Cómo pudiste pensar que sería tan tonto como para creer que Rauf Kasabian se había casado contigo un par de días después de tu llegada? –se burló Brett–. La boda del año no tendrá lugar hasta pasado mañana. Lo he leído en uno de los periódicos de Kasabian. Pero la boda del año no llegará a tener lugar si decido empezar a hablar...

A pesar de saber que no tenía nada que temer de él y que Rauf y ella ya estaban casados, Lily se estremeció. Quería llamar a la policía, pero no sabía cómo dejar solo a Brett sin despertar sus sospechas.

–Ah, ¿no? –preguntó a la vez que alzaba levemente la barbilla y lo miraba con gesto despectivo–. Por si no lo sabes, te comunico que ya no puedes hacerme daño.

–¿Estás segura? –dijo él en tono irónico–. Deja que te cuente un secreto. Los pagos que se debían a Kasabian según el contrato que firmó tu padre con él nunca llegaron a realizarse. Antes o después saldrá a la luz lo sucedido y se desatará un infierno para Harris Travel. Pero si se lo dices ahora a Rauf, tú también tendrás graves problemas.

–No creo –replicó Lily, sin mostrarse afectada.

Brett trató de ocultar su sorpresa sonriendo malévolamente.

–Eso demuestra lo estúpida que eres, porque cuando abrí otra cuenta a la que desviar el dinero de los pagos puse tu nombre en ella. Si yo caigo, te arrastraré conmigo. Diré que teníamos una aventura y que fuiste mi cómplice de principio a fin. De manera que más vale que permanezcas en silencio hasta que te hayas casado...

–Veo que sigues con tus viejas amenazas, pero, además de que no me afectan, ya estoy cansada de ellas –interrumpió Lily secamente–. Ya no estás tratando con una adolescente asustada. Pero tú sí tienes que estar muy asustado para haberte atrevido a venir aquí...

–Sube a la planta de arriba –dijo otra conocida voz masculina a sus espaldas–. Yo me ocuparé de esto.

En los segundos que siguieron a la entrada de Rauf en la habitación, Brett sucumbió al pánico. Se abalanzó hacia Lily cuando esta se volvió al oír a Rauf y le dio un violento empujón en su esfuerzo por alcanzar la puerta. Rauf fue tras él como un león enfurecido, pero solo logró darle un fuerte golpe antes de darse cuenta de que Lily había caído. La rabia que le había producido que Gilman se hubiera atrevido a acercarse a su esposa fue superada por el temor a que esta hubiera resultado herida.

Aturdida por la caída, Lily se dejó llevar en brazos hasta el sofá más cercano.

–¿Estás bien? –preguntó él, ansioso.

–¿Y Brett?

El golpe de la puerta principal al cerrarse respondió a su pregunta, y Rauf gruñó de frustración.

–He vuelto unos minutos después de que él llegara y he llamado a la policía de inmediato. Debería haberme quedado fuera hasta que llegaran, ¡pero no he podido soportar oír cómo te amenazaba!

–Me alegra que se haya ido –murmuró Lily.

Pensando que el arresto de Gilman justo antes de la boda podría empañar las celebraciones, Rauf se limitó a seguir abrazando a Lily mientras lamentaba no haber podido darle algún puñetazo más.

–Y me alegra tanto que no haya habido una pelea –añadió Lily.

Sin decir nada, pues sabía que Lily se sentiría decepcionada si admitiera ante ella que sentía una gran frustración por no haber podido destrozar con sus propias manos a aquel miserable, Rauf la llevó en brazos a su habitación y luego bajó a hablar con la policía.

La familia de Lily llegó al día siguiente por la tarde. Douglas Harris parecía más animado que hacía tiempo, y las tres sobrinas de Lily no cabían en sí de entusiasmo. Tras las necesarias presentaciones, y después de hablar con su padre, que no hizo más que elogiar a Rauf, Lily fue a otra habitación con Hilary para poder hablar en privado.

Su hermana le dio un emocionado abrazo y luego suspiró.

–No te he llamado porque tenía demasiadas cosas que contarte. Para empezar, he oído que Brett y mi antigua amiga Janice han roto.

–Oh... bien –dijo Lily–. Me parece justo.

–Al parecer, Brett ha tratado de hacer algo ilegal con el acuerdo de divorcio con Janice y la policía ha intervenido. Corre el rumor de que estaba gastando el dinero en el juego.

–¿En el juego? –repitió Lily, desconcertada.

–Supongo que eso explica lo que hizo con todo el dinero que robó de Harris Travel –dijo Hilary, sin molestarse en ocultar su resentimiento–. Pero estoy agradecida por dos cosas; la primera, que Brett haya sido un padre tan desastroso, porque así las niñas no echarán demasiado de menos lo que nunca han tenido, y la segunda, haberme dado cuenta tan pronto de que el hombre con el que me casé era un canalla.

Lily parpadeó al oír aquello.

–¿En serio? ¿Lo sabías?

–Desafortunadamente, no tenía ni idea de que además no se podía fiar uno de él con el dinero

–concedió Hilary con un profundo suspiro–. Pero justo antes de que naciera Joy descubrí que salía con otras mujeres. Pero para entonces papá ya nos había cedido su casa y traté de salvar nuestro matrimonio por las niñas...

–Eso puedo entenderlo, pero, si ya no lo amabas, ¿por qué parecías tan hundida después del divorcio?

–Lo que peor te sienta en esas circunstancias es saber que has malgastado varios años de tu vida. Decidí centrarme en ser una buena madre e hice como si no me enterara de las aventuras de Brett. Pero si hubiera sabido lo que realmente estaba pasando, si hubiera sabido que te estaba amenazando... –Hilary movió la cabeza con amargo pesar–... ¡hace tiempo que lo habría descuartizado!

Lily no tenía planeado contarle aquello a su hermana para no disgustarla, pero se alegró de que ya lo supiera.

–¿Cómo te has enterado de eso?

–Rauf me puso al día, ¡y no se te ocurra criticarlo por ello, porque sé que, si él no me lo hubiera dicho, nunca me habría enterado! Después de eso, enterarme de que la policía turca lo persigue no me ha sorprendido nada. Si supiera dónde está, yo misma lo entregaría... –Hilary respiró profundamente para contener su enfado–. Quiero que lo juzguen y lo encierren. ¡Cuando Rauf me ha contado que Brett tuvo el valor de presentarse aquí anoche para tratar de presionarte me ha hervido la sangre!

Las hermanas siguieron hablando un buen rato antes de que Lily preguntara a Hilary qué pensaba de Rauf.

–Es incapaz de disimular que te adora –dijo Hilary, divertida–. ¿Por qué pareces tan sorprendida?

Después de lo rápidamente con que se casó contigo, supongo que eso ya lo sabrás. ¡Yo no podía creerlo!

«Te adora». Lily estuvo a punto de mencionar que Rauf se había dado tanta prisa en casarse con ella en un intento de proteger su reputación, pero Hilary parecía tan ilusionada con la idea de un romance verdadero que no quiso decepcionarla. Rauf era cálido, tierno, romántico y todo lo que ella siempre había creído que podía ser, pero nunca había mencionado la palabra amor, y Lily ya era tan feliz que estaba decidida a no permitir que aquello la preocupara.

Los preparativos para la boda comenzaron al amanecer del día siguiente. Lily fue llevada al *hamam* envuelta en un grueso sarong y, rodeada de mujeres que no dejaban de charlar animadamente, se sometió gustosa a todo el proceso de abluciones y permitió que una mujer fuerte como un tanque la frotara de arriba abajo con un guante que parecía papel de lija. Fue divertido y se rio mucho. Finalmente, su pelo fue sometido a un baño de manzanilla que lo dejó tan suave y brillante como la seda.

Una vez fuera del *hamam* le hicieron la manicura antes de que otra mujer especializada en ello dibujara una elaborada figura con *henna* en su mano derecha.

–Es para dar una pequeña satisfacción a Nelispah –susurró la madre de Rauf junto a su oído, y a continuación le explicó que la vieja dama se había sentido un poco decepcionada cuando le habían dicho que Lily no iba a entrar en el salón del hotel en que se iba celebrar la boda montada sobre un caballo blanco.

Un par de horas más tarde Lily hizo una pirueta

ante el espejo, perdidamente enamorada de su maravilloso vestido de novia. El sencillo y tradicional diseño que había elegido era perfecto para la delicada tela, que también hacía resaltar el precioso collar de oro que le había regalado Rauf. Bajo el vestido llevaba una liga de satén azul que le había regalado Hilary... además de la ropa interior más sexy que se había puesto en su vida.

Salió de la casa de los Kasabian del brazo de su orgulloso padre para subir a un maravilloso y antiguo carruaje tirado por dos caballos blancos. Pero, sin duda alguna, el momento álgido de aquel día tuvo lugar cuando entró en el opulento hotel en que iba a celebrarse la boda y vio a Rauf esperándola. La mirada de admiración que le dedicó fue tan evidente que Lily se ruborizó mientras pensaba en lo atractivo que estaba él con su elegante traje oscuro.

–Me dejas sin aliento, *güzelim* –dijo él con voz ronca mientras sonaba la marcha nupcial y la conducía hacia el salón con toda la familia tras ellos.

Una vez concluida la ceremonia, y después de la exquisita comida que se ofreció a los invitados, cortaron juntos la tarta de bodas y se la ofrecieron a sus parientes. Después, Rauf dio un apasionado beso a Lily que hizo que el corazón de esta latiera más deprisa.

–No esperaba eso –dijo sin aliento mientras él la conducía a la pista de baile.

–Es perfectamente aceptable en nuestra boda –la cálida sonrisa de Rauf fue como un rayo de sol para Lily–. Pero no te sorprendas si desaparezco más tarde. Mi familia tiene que llevar a la novia hasta la puerta de mi casa y luego nos libraremos de ellos durante todo un mes...

–¡Pero yo adoro a tu familia! –protestó Lily.

–Mañana salimos de luna de miel en mi yate para dedicarnos a recorrer la costa –dijo Rauf, satisfecho–. Y si nos cansamos de eso, podemos ir a cualquier sitio, hacer cualquier cosa...

–Volver a Sonngul, por ejemplo –sugirió Lily–. Sigue siendo mi lugar favorito en el mundo.

Tras despedirse de su familia, que iba a quedarse una semana en Turquía con la de Rauf, Lily fue acompañada por los familiares de este hasta la puerta de su casa en Estambul.

–Ha sido un día maravilloso –dijo, feliz, mientras él la llevaba en brazos al interior.

–Aún no ha terminado –Rauf la dejó de pie en un maravilloso dormitorio lleno de luz desde el que se divisaban las aguas del estrecho de Bósforo–. ¿Sabes que nunca he dicho a una mujer que la amo, e incluso hoy me siento avergonzado de decírtelo a ti?

–¿Avergonzado? –repitió Lily, incrédula.

–Pero mi amor es tuyo, y siempre lo ha sido –proclamó Rauf, tenso.

–Siempre lo ha sido... –repitió Lily, hipnotizada por el hecho de ver a Rauf esforzándose en pronunciar unas palabras que tanto le costaban, apenas capaz de pensar en lo que le estaba diciendo.

–A los diecinueve me creí enamorado de Kasmet, pero no supe lo que era el verdadero amor hasta que te conocí. Ella solo hirió mi orgullo y me dio una excusa para proclamar a partir de entonces que el matrimonio no era para mí –murmuró él, serio–. Aún me hace hervir la sangre que te contara todas esas ridículas mentiras.

–Olvídalo. Solo estaba envidiosa y quería estropear mi felicidad –dijo Lily, mucho más interesada en lo que Rauf había admitido hacía unos momentos.

–Hace tres años, cuando nos conocimos, yo era un tipo muy listo, o al menos creía serlo –Rauf hizo una mueca de desagrado dirigida a sí mismo–. Te quería en mis términos y, aunque tú valías mucho más que eso, mi habitual éxito con las mujeres me había convertido en un hombre egoísta y arrogante. Mi obstinada creencia en que nunca me casaría estuvo a punto de destruir nuestra relación. Pero esta vez, cuando volvimos a vernos después de tres años, estaba aún peor...

–¿A qué te refieres?

–Estaba terriblemente celoso de Gilman. Pensaba que estabas en Turquía solo porque él se había ido con otra mujer. Cuando me di cuenta de que eras virgen, me quedé destrozado, pero los celos estaban tan asentados en mí después de tres años que empecé a sospechar que, a pesar de que no te habías acostado con él, sí lo habías amado. Los primeros días que estuvimos juntos me comporté como si solo me funcionara una neurona en el cerebro.

–¿Estabas celoso de Brett...?

–Cuando te oí hablando por teléfono con él, sufrí de nuevo la tortura de sentirme un segundón.

–Y a pesar de todo seguiste adelante con la boda porque me amabas –dedujo Lily con inmensa satisfacción, pues Rauf había demostrado que su amor era lo suficientemente intenso como para superar cualquier obstáculo, incluyendo su orgullo.

–Hace tres años traté de convencerme de que mi amor por ti había muerto –confesó él, tenso–. Pero ahora sé con certeza que tú me amabas entonces y que debí hacerte mucho daño...

–Eso es cierto –concedió Lily–. De pronto, te fuiste y empecé a creer que solo había imaginado que hubiéramos compartido algo valioso. Deduje que lo nuestro solo había sido una aventura más para ti...

–¿Una aventura más? –repitió Rauf, y rio con amargura–. Pasaron más de seis meses antes de que pudiera ver cualquier melena rubia por la calle sin que mi corazón se pusiera a latir aceleradamente con la esperanza de que fueras tú. Aquel año trabajé como un auténtico poseso para dejar de pensar en ti a cada instante. Nunca creí que pudiera existir un amor así hasta que me quedé sin ti.

Lily no pudo evitar sentirse aún más feliz al enterarse de lo mal que lo había pasado Rauf sin ella.

–¿Y cuándo decidiste que seguías enamorado de mí? –preguntó.

–Siempre intuí que mi amor por ti seguía oculto en mi interior, acechando... –Rauf dejó escapar un profundo suspiro–. Pero lo mantuve controlado hasta que volví a verte. Entonces perdí la cabeza y empecé a tomar malas decisiones. Creí que me estaba vengando de ti cuando te llevé a Sonngul, pero, en realidad, lo único que estaba haciendo era buscar excusas para estar contigo. No me di cuenta de lo que estaba haciendo hasta que fue demasiado tarde. Pero supe que te amaba en la ceremonia civil...

–¿Y por qué no lo mencionaste? ¿Por qué has esperado hasta ahora?

–Te había tratado de una manera infame, y me avergonzaba de ello. No te había valorado como debería haberlo hecho. No me consideraba con derecho a hablarte de amor. Lo único que conseguí fue causarte más pesar, y eso es lo que más lamento.

–Yo misma me ocupé de eso –reconoció Lily–. No me animaba a contarte lo que había tenido que aguantar de Brett...

–Yo notaba que me estabas ocultando algo. No se te da muy bien disimular –dijo Rauf con suavidad–. Cuando supe que había un secreto, mis sospechas sobre la naturaleza de tu relación con Brett se negaron a desaparecer. Sin embargo, se esfumaron en cuanto escuché la verdad.

Lily se ruborizó.

–La sinceridad tiene sus compensaciones.

–Pero una ambiente de suspicacia y desconfianza no alienta la sinceridad –Rauf la miró con expresión tensa–. Lo único que quiero preguntarte ahora es si crees que algún día podrás volver a amarme.

Lily lo miró un largo momento antes de contestar. No quería soltarlo del anzuelo con tanta rapidez.

–Todo es posible –contestó.

–Mi amor es lo suficientemente intenso como para compensarnos a ambos, *güzelim*.

–Estoy empezando a creer que eso es cierto –Lily se acercó a Rauf hasta quedar a escasos centímetros de él y lo miró a los ojos–. Pero, por suerte para ambos, yo tampoco fui capaz de superar lo que sentía... y sigo perdidamente enamorada de ti.

De inmediato, Rauf la estrechó entre sus brazos sin mostrar la más mínima contención.

–No habrás dicho eso solo para complacerme, ¿no?

–No soy de esa clase –dijo Lily, divertida ante aquella sugerencia–. Te quiero tanto como se puede querer y nunca he conocido a nadie que me haya hecho sentir lo mismo que tú.

–Debe haber un montón de perdedores por ahí, porque tampoco puede decirse que lo que he hecho sea precisamente digno de admiración –murmuró Rauf, y a continuación reclamó la boca de Lily con pasión.

Las cosas avanzaron con gran rapidez a partir de

aquel momento. Las cortinas se cerraron, las ropas cayeron sin ninguna ceremonia y los novios retozaron entre las sábanas de la cama conyugal para resarcirse por las diez noches que habían tenido que dormir separados.

–Me he pasado cada noche de esta semana caminando de un lado a otro de la habitación... ¡te echaba tanto de menos! –confesó Rauf.

Entre beso y beso, Lily acogió en su interior para siempre aquel sentimiento de seguridad y se deleitó con la hambrienta ternura de Rauf y la increíble felicidad que reflejaban sus ojos. Hubo una nueva dimensión en su forma de hacer el amor, una maravillosa y satisfecha intimidad después, mientras permanecían cálidamente abrazados.

–Creo que ya sé por qué no me había enamorado antes –murmuró Rauf–. Una especie de percepción debió advertirme de que probablemente iba a ser una experiencia embarazosa en la que se iba a poner a prueba mi humildad...

Lily sonrió.

–Pero yo soy tu recompensa... y reconozcámoslo: la humildad no es precisamente uno de los rasgos más fuertes de tu carácter –bromeó, confiada–. Te quiero aún más por ser tú mismo.

–¿Con defectos y todo?

Lily asintió.

Una sonrisa radiante curvó los labios de Rauf.

–Eres lo mejor que me ha pasado en la vida... Te quiero más que a nada en el mundo.

Veinte meses después, en Sonngul, Lily dejó a su hijo Themsi de cuatro meses en la cuna.

Themsi acababa de empezar a dormir más o menos seguido, y Lily sonrió al recordar a Rauf saltando aún más rápidamente que ella de la cama para acudir junto a él cuando lloraba.

Apenas podía creer que ya llevaba un año y ocho meses casada. El tiempo había volado porque nunca había sido más feliz en su vida. Sin embargo, cuando Rauf y ella volvieron de su luna de miel se quedaron anonadados al enterarse de la repentina muerte de Brett Gilman en un accidente de coche. Al parecer, cuando sucedió estaba bebido.

A pesar de todo lo sucedido, Hilary no pudo evitar sentirse desolada al enterarse de su muerte. Sus hijas habían visto tan poco a su irresponsable padre tras el divorcio que superaron su pesar en un tiempo relativamente corto. Rauf trató de persuadir a Hilary para que le permitiera comprarle una casa más grande, pero ella se negó. Había trabajado mucho para mantener a flote la agencia de viajes y quería que el resultado de su esfuerzo se viera reflejado en la compra de una nueva casa a la que ir a vivir con sus hijas y su padre.

Lily volvió la cabeza al oír que se abría la puerta del dormitorio. Rauf entró con la chaqueta al hombro y la corbata ya aflojada. Su ojos brillaron mientras se detenían en el vestido de noche color aguamarina que Lily llevaba puesto.

–Estás deslumbrante.

–Es muy fácil impresionarte –bromeó Lily.

–Nada de eso. Cuanto más te miro, más convencido estoy de mi suerte –dijo Rauf mientras entraba en la habitación contigua, donde Themsi dormía siempre que estaban en Sonngul–. Prácticamente lo estamos viendo crecer –dijo orgulloso–. Va a ser tan alto como yo.

Lily lo miró desde el umbral de la puerta y rio quedamente.

Rauf se volvió a mirarla.

–¿De qué te ríes?

–Dudo que Themsi haya crecido mucho desde que te has ido esta mañana.

Rauf se acercó a ella y la rodeó por la cintura con los brazos .

–Puede ser que sí lo haya hecho –dijo, testarudo, mientras avanzaba con ella hacia la cama–. Pero supongo que no es muy probable –concedió.

Ella se dejó caer en la cama y tiró de él para que la acompañara.

–Odio tener que dejaros a Themsi y a ti cuando estoy aquí –dijo Rauf con voz ligeramente ronca–. He decidido que voy a instalar un despacho más completo para poder atender todos los asuntos desde aquí.

–Me parece una gran idea.

Una devastadora sonrisa curvó los labios de Rauf.

–Tengo mis momentos, *güzelim*.

Lily le dedicó una sonrisa traviesa.

–Casi todos los días... –susurró–. ¿Por qué crees que te quiero tanto?

Rauf sonrió y le dedicó una mirada perdidamente enamorada.

–Yo te adoro, y lo sabes.

Por supuesto que Lily sabía que era amada, pero se sentía especialmente bien porque la confianza y la seguridad se habían sumado a su felicidad.

Buscó la boca de Rauf con sus labios y se rindió al placer de su mutuo amor.